岩波現代文庫／文芸 236

小林一茶

句による評伝

金子兜太

岩波書店

はじめに

小林一茶は、宝暦十三年(一七六三)五月五日、北信濃の柏原に生れ、文政十年(一八二七)十一月十九日、その地に六十五年の生を閉じた。明治改元に先だつこと約四十年、徳川幕府も終りに近い時期で、今からみれば約百五十年以前に当る。息をひきとったときの焼跡の土蔵はいまも残っている。法名は釈一茶不退位。

一茶の幼名は弥太郎、父は弥五兵衛。家は、「北国街道添いに一軒前の伝馬屋敷をかまえる本百姓で、その地位は村内で中の上」(小林計一郎)とされる。つまり、一茶は水呑百姓の出ではなく、いわば中農の出、そして、継母との不仲さえなければ、そのままそこに止って、家督相続できる立場にあったということである。晩年、「世が世なら世ならと雛《ひひな》かざりけり」と作っていたが、あんがいそんなことをかんがえていたのかもしれない。ともかく、中農育ちの少年の家族関係に起因する離郷、江戸住い——という事実は、一茶の生涯と俳諧を見る上で無視できない。

一茶と号して、葛飾派の二六庵竹阿のあとを継ぐのが二十八歳(寛政二年、一七九〇)

だが、それまでの十余年は不明のことが多い。なぜ俳諧の世界に入ったのかもはっきりしない。ただ、下総馬橋《まばし》(今の千葉県松戸市)で油屋をやっているかたわら、柏日庵《はくじつ》と号して判者《はんじゃ》までやっていた大川立砂《りゅうさ》という人物の存在が重要な意味をもっていたことだけは、立砂の死に際して一茶が書いた『挽歌』を読めばわかる。早くも、よき支援者に恵まれていたのである。

立砂の死は一茶三十七歳のときだが、それにつづく父の死(一茶三十九歳)と併せて、それがたまたま一茶が中年に入る時期に当っていたせいもあるが、彼の俳諧の転機となる。その点、父の死の翌年の『暦裏句稿』(四十歳)と、それにつづく『享和句帖』(四十一歳)は、期間としては短いものだが無視できない。いや、重くみなければいけない。それに、彼の句文も、『父の終焉日記』で、ようやく芭蕉句文の模倣色を脱して、個性色を示しはじめる。

一茶の俳諧行路には、この時期を挟んで、両側に山が一つずつある。はじめの山は、それより若い時期、つまり、二六庵襲名後の初の帰郷(『寛政三年紀行』二十九歳)と、それにつづく、六カ年にわたる西国方面の大旅行だが、その旅中の句文集が、『寛政句帖』(三十歳〜三十二歳)、『西国紀行』(『寛政紀行』とふつういわれるが紛らわしいので使わない。期間は三十三歳正月から五月まで)の二つだ。そのほかに、知友からの寄句や文音句をまとめた、遍歴記念集とでもいうべき『たびしうゐ』と、帰東に当って関西の俳人から贈られた餞別吟を集めた『さらば笠』を刊行している。精力的で、如才ない、といわれかねないが、この如才なさは人なつこさというべきものかもしれない。

西国旅行の収穫は、よき先輩知己との勉強にある。よき知己の筆頭は、讃岐専念寺の五梅《ごばい》和尚と松山の素封家栗田樗堂《ちょどう》。大坂の大伴大江丸と京都の高桑闌更。五梅の別辞「げに老少不定《ふじょう》の憂《う》き世、是《こ》れ睦《むつ》みの終りと思ひ給へ」は、立砂付句「又の花見も命なりけり」とともに、一茶の無常感に響いている。

勉強は雑学だが、芭蕉句文から万葉集をはじめとする古典におよび、国学に関心をもち、本居宣長『古事記伝』を読み嚙った形跡がある。『和歌八重垣』『俳諧寺抄録』の読書ノートを残している。江戸に帰ってからも、詩経講筵に加わったり、易にまで手をのばしている。同時代の俳諧（卑俗調、浮世風など）はもちろん、戯作、川柳、浮世絵などを、だぼ鯊のように貪欲にむさぼっていたのではないか。一茶に〈無学のレトリック〉を見ることには賛成しかねる。

この旺盛な知識欲は、業俳としての必要性もあったろうが、それよりなにより、彼の精力（晩年体内の病毒を心配しているが総体に健康だったし、健康に注意していた。しかも独身）と、人一倍つよい好奇心による面が大きい。発句《ほっく》二万句にちかく（芭蕉約一千、蕪村約三千)、句文、記録の類いも厖大である。メモ魔といってもよいくらいに、世情風俗の挿話をメモしている。発句も類作がじつに多いが、芭蕉のように推敲を加えてゆく過程のものは少い。むろん、駄作も相当な数だ。

一茶が生きていた時代は、老中松平定信の寛政の改革で特徴的だが、この改革も、傾きつづける幕府財政と農村、諸藩の疲弊を立て直すことはできなかった。物価引下令や備荒貯穀令の向こうでは、農民一揆が全国的規模で頻度を加え、港には外国船の来航が数を増していた。そういう動揺の世情は、思想としては異端邪説、芸術としては奇態異調を育てやすいこと、いつの世にも変わりはないが、権力の衰えの程度如何によって、それへの禁圧の度合は違ってくる。衰弱の度が深まるほど、禁圧の度合は強まるのだ。幕府の異学禁圧や出版取締りは日を追って躁鬱の度を加えていた。川柳集『誹風末摘花《はいふうすゑつむはな》』が、寛政改革時には自粛要請だったのが、次の天保改革では淫書として弾圧されたことなど、衰弱度を知る好例だろう。

一茶はそういう人の世を「天地大戯場《ぎぢやう》」と見ていたが、生きるというより棲息というほうが相応しい状態だった。動揺の時代への志はついに見当らず、もっぱら自己に執して、無常をかみしめ、磯巾着のように周囲に触手をひらいて生きていたのである。だから、好奇心はさらにつよまり、触手にふれるものは何んでも書きとめ、記憶しようとした。危いとみれば身を引く。

いま一つの山は、むろん『享和句帖』以後になる。句文集でいえば、『文化句帖』(四十二〜四十七歳)、『七番日記』(四十八〜五十六歳)、『おらが春』(五十七歳)の時期で、柏原帰住が軸になる。文化九年(一八一二年、五十歳)帰郷定着するが、帰郷条件を整えるための、弟との間の財産分配交渉には徹底した執念と行動力をみせる。父の遺言に従わなかった継母と義弟の理不尽(一茶から見ての)への憤懣もあるが、遺言通りの取極後、さらに、取極前の債権まで請求する始末だ。それと同時に、近郷に門人を増やす努力を忘れてはいない。業俳としての地盤確保だが、一茶の自力による老後保障の計画は、なかなか周到である。その間、江戸・柏原往復六回。しかも、江戸における支援者夏目成美《せいび》たちとの関係も温めている。

『文化句帖』後段から『七番日記』『おらが春』にいたる句文の活気とあくのつよさを読む者は、そうした背景を考慮しておく必要がある。そして、この時期に出来上った一茶句風の特徴は、神経と心理の鋭く交錯する、繊細で粘りづよい庶民的情念の世界といいたい。畳語や繰りかえしの音韻、擬態、擬声、擬音語の多用など、庶民の情念の態《てい》たらくと見たい。それが、人生の戯画を描きつつ、一方では、小動物たちへの呼びかけの句を多産する心情ともなる。猜疑の向こうで、人なつこい表現を見せもする。まさに〈滑稽〉。

これを、巷間いわれる「一茶調」というふうな狭い人情的な特徴付けで済ますことは有効ではあるまい。むしろ、俳諧史の正脈に位置付けて——こういう短い評語に危険の伴うことは承知だが——、芭蕉の正調を、西行、実朝に連なる〈武家のリズム〉と呼び、これに対して、一茶の打ちだしたものを、〈庶民のリズム〉といいたい。貞門、談林の俗調に随分紛れてはいるが、しかし、なかには、それを越えた、詩として十分読むに耐える庶民のリズムを、彼は形出しているのである。

柏原定住後、一茶は三度結婚し、五人の子を得るが、四人まで失う。唯一人の有命者やた（女児）は、皮肉にも一茶没後の生誕だった。終りの山は、こうして下りに向かうが、そこには、新生活への若やぎがあり、そのなかで次第に現実のものとなる老衰への不安があった。その振幅が一茶の特徴を磨き、北信濃の色とにおいをふかめる。『八番日記』（五十七〜五十九歳）、『文政句帖』（『九番日記』ともいう。六十〜六十三歳）、そして『句帖写』など（六十四〜六十五歳）が、その時期の句文。

この評釈は、句による評伝のつもりで書いたので、年代順、句日記、句文集別とし、句文の調子によって、対話形式を使ったところが多い。訳も気軽にやった。風俗描写句、駄句、類句の厖大な発句群のなかからの選択にあたっては、主として、『古典俳文学大系15、一茶集(丸山一彦、小林計一郎校注)』(集英社刊)に依拠し、『日本古典文学大系58、一茶集(川島つゆ校注)』(岩波書店刊)と『日本古典文学全集・近世俳句俳文集(栗山理一、山下一海、丸山一彦、松尾靖秋校注・訳)』(小学館刊)を主として参考にした。なお、『おらが春』は、別に石田波郷の訳文があるので、それに掲載の句は評釈の対象からはずした。

目 次

寛政三年紀行

寛政三年（一七九一）――二十九歳

蓮の花虱《しらみ》を捨《すつ》るばかり也

蓮の花がきれいですね。でも、私は虱をひねっては捨てるばかりなんです。こんなのを、「景色の罪人」とでもいうのでしょうか。自分ではそうとばかりともおもっていないんですが。

三月二十六日に江戸を発った一茶は、葛飾方面の先輩俳人や支援者を歴訪して、二六庵(葛飾派)襲名の挨拶をした。馬橋から小金原を過ぎ、我孫子で三月尽《やよいじん》。四月初旬は、布川《ふかわ》、田川、新川と泊る。

それを済ますと、本郷から北信濃に向かった。十五歳で江戸に奉公に出されてから、はじめての帰郷とみられるが、ともかくも業俳として一人立ちすることになり、挨拶もとどこおりなく、晴れてふるさとに錦を飾る気持だった。一茶、生涯の最良のときだったかもしれない。そのせいか、三月二十六日という江戸出発の日は、芭蕉の『奥の細道』の出発の日、元禄二年三月二十七日に合わせている。だいいち、この紀行文全体が『奥の細道』をモデルにしている様子濃厚であるし、虚構も多いようだ。若き一茶の気負いを知るべし。

この作品は、布川の仁左衛門（葛飾派の俳人・馬泉か）の新居を祝った「新家記」という文章のさいごに置かれてあって、挨拶の句だ。ちなみに、この「新家記」は紀行のなかに挿入されているわけだが、芭蕉「幻住庵記」をはっきり念頭において書かれている。ただ、後半が一茶らしい。彼はこういうふうに言う。

こんなに山水のととのった家は珍しいから、「ものしりて（物知りて）」ここに住んだなら、どんなにか、こころを養うことができるだろう。しかし、自分のようなものは、目はあっても犬のようなものだし、耳はついているが、馬とおなじで、いっこうに感応しない。ただ寝ころんでいるだけだ。「是《これ》あたら景色の罪人ともいふべし」――そして、この句がつづく。

つまり、控え目にかまえて、新しい家と、それを造った主人を讃えているのだ。自分のようなものには、とてもおよばぬことです――という言いかたである。

しかし、それを卑屈にひびかせないところが挨拶であり、一茶の自恃の念でもある。たしかに、このあたりの一茶には、ようやく辿りついた台上での、興奮の入りまじった感傷とともに、ある見通しのようなものが、つまり、蓮の花より虱――といった生活心情への傾斜が確かめられつつあったことは間違いない。当時の俳壇の主流は「卑俗調」だったし、江戸俳壇では、軽妙な人事句中心の「浮世風」が流行していて、一茶もその影響を多分に受けていた。しかし、一方では芭蕉に学ぼうとする姿勢をかなりはっきりもっている。したがって、蓮の花より虱、といっても、それは流行に紛れこむことではなかったにちがいない。そのあたりに、一茶のひねくれの芽生えがあり、裏がえせば彼の自恃の念が育っていた、ということでもあろう。

なお、虱は、当時の庶民には暮しの友で、特段の不潔感もなかったようだ。一茶は「虱ども夜永からうぞ淋しかろ」と作り、虱の句は多い(後からその二、三を挙げる)。彼はむしろ蚤のほうを嫌っていたようだが、文学的作為というものがあるから、これは、にわかに断定できない。

また、一茶が尊敬する芭蕉も、「幻住庵記」に「空山に虱を捫《ひね》つて座す」と書いているし、そのもとになった、「青山ニ虱ヲ捫ツテ坐ス」が『石林詩話』にある。したがって、虱だけでは、芭蕉に対しても、独自性は主張できない。ポイントは、虱に配するに、空山や青山でなく、蓮の花であること、そして、「捫つて坐す」のではなく、「捨るばかり」であること、その二点にあろう。とくに、あとの点に。

時鳥《ほととぎす》我身ばかりに降《ふる》雨《あめ》か

日暮れて、雨しとしと降る。
旅の、ひとりの、わが身に降る。
その暗空を裂く、
ひと声のほととぎす。

戸田（今の埼玉県戸田市）で荒川を越えると、一茶は中山道を一路北西に向かって歩いた。熊谷では、熊谷次郎直実《なおざね》が建立した蓮生寺《れんじょうじ》に詣で、直実と並んで建てられている平敦盛《あつもり》の墓に思いをふかめる。「陽炎《かげろふ》やむつましげなるつかと塚」は、若くして直実に討たれた敦盛と、その敦盛をいつまでも憐れんで忘れなかった直実の心中を偲んだものだが、作品としては普通である。しかし、こうして、死後も心奥で結びつき得たものたちへの一茶の憧憬じたいは、よくわかる。敦盛が若き武将であったことが、よけいに、その憧れをふかめていたのかもしれない。

そして、利根川を渡る。堺町（今の群馬県境町）の葛飾派俳人を訪ねたが留守だったので、再び利根川の渡し舟に乗った。そのころから、日は暮れ、雨が降り出す。作品は、そのときのものだが、そのあと、養蚕をやる老夫婦の農家に泊められたときのエピソードにつづく。夫婦に一人息子がいたが十二歳で死に、その逮夜《たいや》(忌日の前夜)に当る夜だったが、その息子の名(弥太郎)も、生年月日も一茶と全く同じだった。その奇遇を、一茶は名調子で書きあげている。

蓮生寺から、この虚構のにおいのするエピソードにいたる繋ぎ目に、一茶はこの孤心の句を置いている。旅ゆくほど身にしみる〈ひとり〉へのおもいのなかで、人と人とのこころの繋がりのすがたを、一茶はあれこれと案じていたのかもしれない。これもまた、若き日の感傷の態《てい》か。少年期からの江戸での「荒奉公」の日日の酷薄な思い出のゆえか。

夕けぶり誰《たが》夏痩《やせ》をなく烏

夕飯を炊くけむりがみえる。みんな、おれを見て、どんな顔をするだろう。夏痩せでふうふうしているかもしれない。夏痩せのひどいのは誰だったかな。からすめ、まるで誰かの夏痩せをはやすように鳴くわい。そういえば、おれも少し痩せたなあ。

千曲川を渡り、善光寺に参詣して、郷里の柏原に着いた。善光寺が四月十八日、戸田の渡しを越えたのが十日だから、その間、一週間以上かかっている。着いた故郷のよさ——そのとき一茶は「父母のすくやかなる皃《かほ》を見ることのうれしく、めでたく、ありがたく、云云」と書いている。父・弥五兵衛五十九歳、継母・さつ四十八歳。一茶を可愛がってくれた祖母はもちろんいない。その父母を、ここでは、一茶は隔てなく書いているわけだが、こんなことは、これがさいごだった。そのときの一茶には、継母への反感以上に、久しぶりの故郷の晴れすがたが懐しかったのだ。

寛政句帖

寛政四〜六年（一七九二〜一七九四）——三十〜三十二歳

みやこ哉《かな》東西南北辻《つじ》が花

道は四方に通り、辻辻は花。人のゆきかいもまたはなやかだ。都《みやこ》だなあ。

——寛政四年の作。いっきに京都まできてしまったが、郷里から帰った翌年の三月、こんどは西国方面の大旅行に出掛けているんだよ。足掛け七年間の旅だ。先代宗匠の竹阿という人は、西国地方にたくさんの門人や知人をもっていたんだが、一茶は、その縁故を訪ねて歩くわけで、やはり、挨拶をかねていたんだろうね。

——この句、夏ですか。初夏の感じ——。

——「花」といえば『歳時記』では桜花のことで、春の季語だが、この句のあたりに「しづかさや湖水《こすい》の底の雲の峯」とか「塔ばかり見へて東寺《とうじ》は夏木立《こだち》」という句があるし、感じとしては夏だね。湖水はむろん琵琶湖さ。

——そうすると「辻が花」は、辻辻《つじつじ》に初夏の花花《はなばな》咲き乱れるということですか。

——そうもとれるし、辻辻のはなやいだ賑わいともとれる。百花繚乱を含みとして、辻の賑わいを言ったものとおもうね。その重層感が美しいな。みやこ、みやこにはじめて辿り

ついた田舎青年のうい
うい
しい感銘があるんだ。

――東西南北は、ズーッと真直ぐに道が通っている感じですね。碁盤の目のように十字に組み合わされた道が。それが「辻が花」をよけいに華やいだものにしています。

――ただね、華やいだ賑わいといっても、単に優美とか都ぶりとかいったものではなくて、もっと生活的な感銘なんだね。そこが一茶的なんだよ。これは参考だが、この『句帖』のあとに『西国紀行』（『寛政紀行』ともいう）を書いていて、そのなかに、南河内郡古市（今は羽曳野市の一部）の「みのの辻」にいる一葉《いちよう》、時女《ときじょ》の夫妻に頼まれて作った句が入っているんだ。それは「みのの辻辻が花人《はなびと》たゆまざる」。いま一つは「入梅雨《つゆいり》のふりみふらずみみの丶辻の辻行妹《ゆくいも》が見えみみえずみ」という下手くそな短歌だが、この句の「辻が花」は帷子《かたびら》の染め模様で、白地に藍と紅で、青葉と花を一面に染めたものだそうだ。生業にいそしむ一葉夫妻が「辻が花人」さ。これを、先ほどの「辻が花」に重ねてみることはできないかね。色調も夏だよ。

――つまり、生活的華やぎと受けとるわけですね。それも、江戸とはまた違った感じの優しさがあるものとして――。

君が代や茂《しげ》りの下の耶蘇仏《やそぼとけ》

木の茂りのかげにキリシタンの「耶蘇仏」があった。こうして無事なのも、御時勢でござんすよ。

——寛政五年の作。秋ごろ大坂から四国に渡って、讃岐《さぬき》観音寺(今の観音寺市)の専念寺にゆき、五梅和尚を訪ね、それから九州へゆく。この年の正月は肥後八代(熊本県八代市)正教寺で迎えているんだね。やはり君が代で「君が世や旅にしあれど笥《け》の雑煮」という句を作っているが、これは『万葉集』有間皇子の歌のもじりだ。正確ないかたではないが、まあ、本歌どりといっておこう。皇子の歌は、「家にあれば笥《け》に盛る飯を草枕旅にしあれば椎の葉に盛る」——。

——この寺の住職西天庵文暁は、有名な『花屋日記』の著者でしょう。

——そうそう。有名な俳人でもある。竹阿の縁故だろう。そこから長崎にゆくが、その途中でこの句が出来たものとおもうな。キリシタン禁圧も以前ほどではなくなっていたわけだが、そうした配慮よりも、好奇心のはたらきのほうがつよい。長崎での

「君が世やから人も来て年ごもり」でも唐人《からびと》への風俗的興味が中心だね。それ以上のことはない。

――耶蘇仏は、十字架像とかキリスト像とか、そのものズバリではなくて、隠れキリシタンが祀っていた偽装の仏像でしょうね。それを木の茂りの陰に見たときの好奇的おどろき。

――そう思う。だから「君が代」にもたいした意味はないんだね。「いい御時勢でござんす」くらいの、これまた挨拶用語なんだ。それは、蕪村の「君が代や二三度したる年忘れ」とか、一茶が庇護を受けた夏目成美《せいび》の「君が代は誰も食ふなりふくと汁」といったものと同じなのだ。こういう語法は、和歌の枕詞の俳諧版みたいなもので、挨拶に弾みを加え、感想に気軽さを添える効果があるわけなんだね。ほかにも随分あるが、ありがたや式に卑俗化してゆく傾向もあった。

――一茶晩年のころに「君が代の大飯《おほめし》くふて桜哉」というのがありますが、これくらいくだけたもののほうが、君が代にふさわしいわけですね。若いころのものは、まじめすぎますか――。

西国紀行(寛政紀行)

寛政七年(一七九五)——三十三歳

朧《おぼろ》〳〵《おぼろ》ふめば水也まよひ道

おぼろ　おぼろ
おぼろのみちは
おぼつかな
みちかと踏めば水たまり
草鞋にしみる頼りなさ

――この句じたいが、深刻にみえて、うたっているところもあるんで、こういう訳になる。この直後、百歩ほど歩いたら泊るところがあって、「月朧《おぼろ》よき門《かど》探り当《あて》たるぞ」とくるわけだからね。

――九州を歩き廻って、四国に戻ってくるわけですね。

――そうそう。専念寺の五梅のところが根拠地になっていて、この句は、そこから松山に花見にゆく途中のものだ。風早難波村(今の北条市上難波)の西明寺住職・茶来《さらい》を訪ねたところ、すでに十五年まえに死んでいると告げられた。茶来は竹阿と親交のあった俳人だから、その人の死が十五年間も伝えられなかったというのは、遺族の俳諧嫌いもあるが、当時の交通不便も分る感じだね。そのうえ、いまの西明寺は、一茶の宿泊までことわってしまう。途方にくれた一茶は、とぼとぼ歩きながら、この句をものするというしだいさ。

——しかし、百歩で五井《ごせい》宅に着いたんでは、あっけないですね。そのことは事実、おぼろおぼろの句は虚構。つまり、このときにできたものではなくて、別のときにできていたものを挿入したわけでしょうか。

——そんな感じだね。句の前文にあたる叙述の大袈裟なのをみても、それを感じるな。「前路三百里、只かれをちからに来つるなれば、云云」とはじまると、芭蕉の紀行文の叙法がちらちらしてくる。ただ、この頃になると、挨拶と修業の旅に慣れてくる反面、その辛《つら》さ、頼りなさも身にしみて、なにかといえば詠歎的で感傷調になってしまったんだろうね。旅のはじめ、東海道を歩きはじめたときの句とおもうんだが、「通し給へ蚊蠅《かはい》の如き僧一人」というのがあるんだよ。

——一茶は坊主頭だったんですか。

——出発にあたって頭を剃ったらしい。それにしても、この句、慇懃無礼でしょう。それにくらべて、おぼろおぼろのほうは、ずっと濡れています。「まよひ道」が、詠《うた》っているところもあるけれど、いつかこちらの心情にしみてくるところもある。とにかく、旅といっても物見遊山とは違うからね。派の違う俳人だから尋ねないとか、別れるべきときを見失ってはいけないとか——とにかく神経を使っているんだよ。

天に雲雀人間海にあそぶ日ぞ

天高く雲雀揚り、声は地に降る。この地上、人間群れて潮干《しおひ》を待ち、貝をあさる。仏《ほとけ》の浜に、嬉嬉と。

――前掲の作品より先に出てくる句で、まだ五梅和尚のところにいるときのものらしい。ただ、この二年前に「雲に鳥人間海にあそぶ日ぞ」を作っているから、それを直して、この紀行に書きとめたわけだろう。出来としては、「雲に鳥」のほうがいいね。北へ帰る鳥が雲にすがたを没してゆく感じで、暗みがある。「天に雲雀」では明るすぎるようにおもう。もっとも、古くは「雲に入る雲雀」という言いかたもあったようだから、同じ情景のつもりだったかもしれない。

――雲でなく、天といいたかったんですかね。あなたがいう仏の浜は、そこからの類推ですか。

――いや、紀行では「浦輪《うらわ》を逍遥して」の前書がつけてあるんだよ。浦輪は観音寺浦の海岸で、観音寺のあるところさ。真言宗の名刹で、四国八十八ヵ所の一つだ。そこからの類推だが、一茶が、天とか人間とかいうことばを、その対比を含めて、あえて使っているところにも関係がある。一茶の発想に、この観音寺浦海岸という場が、影響しているとみるわけだ。もっとも、天ということばは曖昧で、儒家のものとも仏家のものとも決まらないが、要するに超越的なものの実感ということではないかな。

——人間ということばは他でも句に詠みこんでいますか。

——この長い旅行の終りごろに「鳥と共《とも》に人間くゞる桜哉」がある。旅行後は、「人」は目につくが、「人間」は目につかない。こんな固いことばを持込むところにも、じつは、一茶の三十代前半の若さと、ようやく道のついた俳諧への気負いが現われているんだよ。それと時代の空気がね。この旅行中、一茶は貪欲に勉強しようとしているね。漢詩あり、短歌あり、観念的、模倣的な文章あり、といったぐあいだ。

——つまり、アカデミックになっているわけですか。しかし、この「人間」の語、生《なま》ぐさいところもありますよ。「天」にしても。

——そこが一茶だよ。観念的になり切れないどころか、自分の地肌本位にどうしてもなってしまうんだね。この「人間」という語、謡曲などに出てくるものと共通した仏教くささがあるだろう。一茶は浄土真宗の門徒の育ちだし、ここは真言宗名刹の浜だ。ただ、変に抹香くさくならないところが一茶らしいわけで、私なんか、肉体のまま成仏できるという密教の生ぐささを感じているんだよ。これは鑑賞過剰だがね。

――そういえば、いま一つの「鳥と共に人間くゞる桜哉」の人間も、妙に生ま生ましいですね。変に観念的で、妙に生ぐさい。かしこまっているようで、じつはあぐらをかいている感じです。

青梅や餓《が》鬼《き》大《だい》将《しやう》が肌ぬいで

むんむんする
ぐりぐりする
梅は茂り　実は太り
餓鬼大将は大裸《おおはだ》か

――河内国土師《はし》村(今は大阪府藤井寺市の一部)で、菅公廟に詣でたときの作。なかに、今の土師神社があり、門前は梅の並木。梅がたくさんあるのが珍しかったのかもしれない。青黒い繁茂が野性的だし、梅の実もなかなか精力的な感じですよ。餓鬼大将もよい。

――四国から河内にきているわけですね。

――ええ、三月のはじめに五梅和尚のもとを辞して、丸亀から瀬戸内海を渡っている。岡山、姫路、大坂、そして河内、四月のはじめは堺にいて、千利休などの墓に詣でている。この紀行文は五月で終るのだが、その最後が、歌枕で名高い高師《たかし》の浜(今の高石市海岸）。

――この作品、一茶の詩的エネルギーを感じさせますね。野性味がいいな。

川上にしばし里《さと》ある花火哉

遠く、川上の空に、花火がひらいた。
音もなく。
川上に人住み　花火をあげる。
まことあっけなく。

――場所はどこだかわからないが、旅情切《せつ》なるものありだね。感傷的だ。現代俳人・高柳重信に「遂に谷間に見出だされたる桃色花火」という作品があるが、やはり人里が感じられて、切《せつ》ないね。

――夜空にくろぐろと山なみも感じられます。

夕日影町一ぱいのとんぼ哉

町は夕日。
その光のなかに一面のとんぼ。
すいすい　すいすい
町中に浮くとんぼ。

――故郷の柏原を思い出すんだろうね。そこで育った幼少時までも。
――初秋の町に佇んでいる、旅の一茶の姿が見えます。

挽歌

寛政十一年(一七九九)——三十七歳

炉《ろ》のはたやよべの笑ひがいとまごひ

昨夜見せた笑い顔が最期だった。いま、こうして、囲炉裡ばたにいると、あの笑い顔が思いだされてならぬ。

『西国紀行』の翌年(三十四歳)、一茶は再び四国に渡り、松山の栗田樗堂《ちょどう》の家に長逗留した。樗堂は竹阿遺弟の一人で、本業は酒造業。松山きっての富豪であり、四国俳壇の重鎮だったが、一茶に親愛の念をいだいていた。専念寺の五梅といい、この樗堂といい、そして、ここにあげた悼句の対象になっている大川立砂《りゅうさ》といい、後の夏目成美といい、一茶は良い先輩俳人に恵まれている。先輩たちから親愛されるものが資質のなかにあったにちがいない。よく、一茶の如才なさ、世渡り上手がいわれるが、十五歳で江戸に出された農民の子が、俳人としてどうやらやれるようになるまでの苦労をおもえば、むしろ当りまえの才智であろう。それよりも、そうした如才なさの底が割れず、長く親愛されたところに、一茶の頭の働きの自然さがあり、実直さがあったにちがいない。一茶の境遇への同情だけで、長つづきするはずはないのだから。

樗堂のところで年を越し、東への帰路につく。備後福山、京阪を経て、大和長谷寺で三十六歳の正月を迎え、夏には郷里の柏原に寄り、秋九月、江戸に帰着。

そして、その翌年の春、北越の旅に出る。そのとき、馬橋《まばし》の竹の花で見送ってくれたのが、この立砂だったが、旅から帰って、その冬訪ねると、はからずも臨終のときに立合うことになってしまった。そのときの作品が、挽歌として、文を添えて書きとめられてある。

平凡な句だが、真面目に意が込められている。後年、立砂十三回忌に当って、四十九歳の一茶が作った悼句は、「何《なん》として忘れませうぞかれ芒」、「冬木立むかしむかしの音すなり」、「はつ雪やとても作らば立砂仏《ぶつ》」のように、発想にも調《しら》べにも一くせ加わるが、三十七歳の一茶の句は真面目で直情的だった。俳人になったころから、ずうっと面倒をみてくれた立砂への敬慕は並のことではあるまいし、死そのものへの感傷もあろう。しかし、一茶自身の素朴直情な資質を見逃がすわけにはゆかない。

父の終焉日記

享和元年（一八〇一）——三十九歳

足元へいつ来《きた》りしよ蝸牛《かたつぶり》

足元に来ている蝸牛に、いままで気づかなかった。気持が父のことに囚われていたせいだ。

立砂の死んだ翌々年の四月、一茶は久しぶりに柏原に帰ったが、その帰郷中に父の死に会う。病気は悪性の傷寒(今のチブスのような熱病)といわれ、一カ月ほどわずらって他界した。享年六十九歳。祖母既になく、父も死に、一茶には故郷に頼るべき人がなくなる。それに加えて、継母とその子仙六(異母弟)を相手とする遺産相続問題が残る。しかも、一茶もようやく四十歳に入る。老後を考える年齢になってゆくのだ。

この文章は、父が突然倒れた日から初七日までの日記風の記録だが、心理や感情への眼くばりといい、ドラマチックな筆のはこびといい、むしろ短篇小説の印象で、しかも、虚構や誇張にしても、修辞にしても、ずいぶん個性的になっている。一茶独自の表現が展開する、その出発点にあるものとおもう。

この作品、倒れた父が小康を得たときのもので、安堵感が表現されている。この日記には作品が少いが、大方が技巧的にも完成したもので、充実感がある。むろん、完成したものの物足りなさもあるが――。

寝《ね》すがたの蠅追ふもけふがかぎり哉

死に近い父の寝顔は青ざめ、目は半ばふさがれていた。ときどきものいいたげに唇が動くばかり。息するたびに痰が鳴るのがおそろしい。寝姿も痩せて平たくなってしまった。寝仏《ねぼとけ》のようにもみえて、思わず念仏をとなえてしまう。蠅を追う。こうして側にいて蠅を追うのも、今日かぎりかもしれない。

翌朝、父は息たえて「空しき屍《かばね》」となる。

生《いき》残る我にかゝるや艸《くさ》の露

暁、灰よせ(骨あげ)のため、卯木《うつぎ》の箸をもって、火葬の野に向かう。松風吹く。三月、家に着いたときは、祝の酒を酌みかわしたのに、いまは自分だけが生き残って、父の白骨を拾わねばならないのだ。朝露が足にかかり、生き残る身の現《うつつ》にかえる。ハッとする気持だ。

一茶はこの日記に書き綴っていた。「喜怒哀楽、あざなへる縄のごとく、会へば別るる世の中、今更おどろくべき事にあらねど、今までは父をたのみに古郷へは来つれ、今より後は誰を力にながらふべき。心を引かさるる妻子もなく、するすみの水の泡よりもあはく、風の前の塵よりも軽き身一ツの境涯《きやうがい》なれど、只《ただ》切れがたきは玉の緒なりき」(漢字、送り仮名は引用者)と。

父ありて明《あけ》ぼの見たし青《あを》田《た》原《はら》

夜明けどきの一望の青田は、まことに鮮明である。何ものの介入も許さぬ清潔感がある。父が健在なら、この素晴しい景を二人で見られたのに。

一茶は、しかし、この景観を一人眺めつつ、継母・異母弟との遺産相続問題を考えていたのだ。父の遺言を、彼ら「六欲兼備の輩《やから》」は受け入れそうにもなかった。あきらめて離郷すべきか。しかしそれでは父の意思に反しよう。とにかく本家の指図に委せよう――彼はあれこれと思いわずらっていたにちがいない。それだけに、眼は冴え、夜明けの青田はさらに鮮明だった。

暦裏句稿

享和二年（一八〇二）――四十歳

ひとりなは我《わが》星ならん天川《あまのがは》

はるばると空をながれる天の川。そのそばにいつもひとりでいる星。ぼんやりと、にぶくいる星。あれがおれの星なんだ。いや、あれがおれの姿なんだ。

よき先輩立砂につづく父の死。そのあとの遺産相続問題、そして、四十歳になる一茶。一茶の〈修業時代〉は終った。

この一年間、一茶の消息はよくわからない。江戸に帰っていたことには間違いないが、なにをしていたか定かではない。この作品も古暦の裏に書き連ねてあったものの一つで、一茶はこころの荒《すさ》みに耐えていたのだろう。

そのため、古暦裏の句句は、孤愁に沈んでいて、それまでの、なんといっても、どことなく弾みがあり、哀寂といっても感傷の甘さを主調にしていた時期とは違ってくる。じっと見るすがたがあらわれてくる。この句も、陋居にあぐらをかいて、上眼づかいに江戸の夜空を見つめている感じがある。むろん、やもめ暮しで、茶碗が膝の辺に転がっていたろう。あるいは、ひとり巷に出て、頭の上の天の川を追いつつ、歩いていただろう。そのときも、眼は妙にしっかりしていて、ひとつの星を見定めていたのだ。

正月早早、一茶はこんな句を作った。「門松やひとりし聞けば夜の雨」。七夕のとき、たまたま洪水があった。「助け舟に親子落ちあふて星むかひ」。私の好きな次のような句もある。「有明《ありあけ》に躍りし時の榎かな」、「鳴どもも立尽したり木無《な》し山」。みな、中年にして肉親を失った、ひとりものの句だ。

星といえば、一茶には星の句が多く、「わが星」も多い。この頃から小動物や昆虫たちの句も増えるが、星への関心にも似たものがある。わが星の句を並べてみよう。

我《わが》星はどこに旅寝や天の川　（四十一歳）
我星は上総《かづさ》の空をうろつくか　（四十二歳）
我星はどこにどうして天の川　（五十歳）
我星はひとりかも寝ん天の川　（六十歳）

このうち、第一句の「どこに旅寝や」が、第三句の「どこにどうして」に改められたらしい。義太夫節の一節が入ってきて、すっかり余裕をつけた印象である。第四句の「ひとりかも寝ん」も、冒頭掲記の「ひとりなは我星ならん」を改作したもので、万葉集巻十一(異本)の「足引きの山鳥の尾のしだり尾の長長し夜を独りかも寝む」からの本歌どりである。

なお、大正から昭和期に活躍した高浜虚子に「われの星燃えてをるなり星月夜」という作品があるが、一茶の作品と対蹠的である。自信と気力があるから、天の川の流離感ではなく、星月夜の絵画的な空間を好むのである。一茶は終生、この虚子の句のような、ぐっと構えた作品を作ろうとはしなかったようだ。

享和句帖

享和三年（一八〇三）――四十一歳

日の暮《くれ》の背《せ》中《なか》淋しき紅《も》葉《みぢ》哉

日暮れ、胸もとは暗く、背中ばかりが明るい。その淋しさ。紅葉もまだ明るい。背中にあかく映えているのかもしれぬ。

「日の暮の背中淋しき」で、すでに一つの完了である。短律にすれば、〈日暮れどきの背中〉としてもよい、完了の世界だ。しかし、一茶は、「紅葉哉」を加えて、色調がもたらす哀寂を添える。背中も日暮れもさらに淋しくなるのだ。

一茶が「赤」という色彩にたいして、じつに可憐澄明な感応を示していたことは、これからも触れるが、ここでも、紅葉のあかさが柔らかく、しかも鋭く捉えられている。これによって、日暮れの背中だけで完了しているとはいえ、まだ十分に個性的ではないものを、十分に個性化しているのだ。

日暮の紅葉には、いま一つ好句がある。

うぢうぢと出れば日暮るる紅葉哉

掲記の句の翌年の作だが、この紅葉の色調には明暗の複雑な翳りがあって、それだけに赤がつよく、一茶の心情の一層の沈潜が感じられる。

ずっとあとに「鰐口にちよいと加へし紅葉哉」（五十五歳）がある。これになると、単色・赤の美しさとなる。

晴天の真昼にひとり出《いづ》る哉

真昼間の晴れた青空。その青さのなかへ一人出る。出て、あてもなく歩く。
空が身にしみ、ひとりごころは果てもない。

ここでは〈しみる〉という感覚のはたらきが目立って、感性丸出しである。その意味の稚《おさな》さもあり、おそろしさもある。

一茶にとって、すべてが身にしみて感じられた時期だ。〈修業時代〉は、哀傷も気負いで弾ねかえすことができ、理屈をつける余裕もあった。深刻といえるていどの深刻さだったわけだが、この時期になると、深刻と、口ではいえないほどにこだわりのある気持だったにちがいない。だから、感性ばかりが冴え、澄んでゆく。身にしみる感じがすべてだった、といってもよい。

父の死の翌々年になって、ふたたび一茶の足どりは見えてきて、葛飾や下総の、いわゆる得意先を歩きまわっている。よき先輩やパトロンがいたことも事実だが、このあたりの空が好きだったのではないか。とくに、晴れた日の利根川の上の青空が。青空といえば、一茶の感性は、空のひかりと色を同時に感受しなければ満足しないところがある。ひかりだけではむなしすぎ、色だけでは物足りない。その双方の溶け合った、得もいえぬ光輝だけが、いささか彼を満足させていた節《ふし》がある。年をとっても、その感受の傾向を示しているものがあって、なつかしいのだ。たとえば——。

青空と一つ色なり汗ぬぐひ　（五十一歳）
青天の真《まつ》昼《びる》中《なか》のきぬた哉　（五十九歳）

なお、掲記の句は「無季」の句で、『歳時記』できめられている季語が使われていないばかりか、季感（季節感）も定かではない。しかし、ここでは、「晴天の真昼」があれば十分なのだ。一茶の無季の句は十句をこすが、この句以外でいいものといえば、

月花や四十九年のむだ歩行《あるき》
松陰に寝てくふ六十余州かな

の二句ぐらいだ。ただ、一茶という人は、年とともに歳時の約束に拘泥しなくなっているようにおもう。一茶五十歳のときの歌仙の発句に、この「松陰」の句をおいているが、そのあたりもまったく気軽だった。

吹かれ〳〵時雨《しぐれ》来にけり痩《やせ》男《をとこ》

時雨のなかを男がやってくるんだが、風に木の葉の感じ。からだは団扇のようにへなへなしている。痩せ男のあわれさ、おかしさ。

「時雨」はさっと降って、さっとあがり、断続して降るかとおもうと、しばらく降りつづいたりする。ときには山から山へ移動し、野をわたる。「鷺ぬれて鶴に日のさすしぐれかな」（蕪村）のように、ひとところは時雨れて、ほかのところには陽が当っていることもある。

『歳時記』では冬だが、一茶『寛政三年紀行』では、四月（旧暦）の半ばごろ、「いせ崎の渡り」（今の群馬県伊勢崎市と埼玉県本庄市とを結ぶ利根川の渡しだった）で出あった雨でも、この土地の人たちはしぐれといいと書きとめ、「人に見し時雨をけふはあひにけり」の句を作っている。土地によって、移動して降る雨を、季節にこだわりなく時雨というところもあるということで、一茶の句は、移りゆくものとの〈出会い〉の縁《えにし》にひかれているのである。孤独者のこころに映る運命というものの翳なのだ。

掲記の作品は、あきらかに初冬の季感を土台にしているが、時雨の移りゆくいきおいを無視できない。双方が一緒になって、いかにも蕭蕭としている。痩せ男に降りかかり、降りつのり、やがて去ってゆく、運命のような時雨。痩せているだけに骨身にこたえることだろう。

もっとも、この痩せ男は、一茶の自画像のおもかげよりも、一茶が〈じっと見て〉いる、別の痩せ男の印象のほうがつよい。そういうおどけのような客観性があって、かえって句に幅をもたせているのだ。それだけ軽くなっている、ということでもあるが、一茶の〈じっと見る〉眼が、自分の内ふかく刺さってゆくこの時期でも、なお、こういうふうに外にむかってゆく志向を孕んでいたことを知るべきだろう。内ふかく、形而上的《メタフィジカル》になりきれず、信仰心は篤くても、宗教哲学とはついに無縁であった一茶の体質は、粗くいえば平均的な庶民体質ということになるのだろう。

この句でいま一つ気がつくことは、「吹かれ〱」の畳語(繰りかえし)の使いかたである。同じ頃の作に「ざぶり〱雨ふる枯野哉」があるが、擬音の繰りかえしによって、擬音効果を倍加し、作品全体に、韻律の弾みを与えていた。「吹かれ〱」は直接法の言いかたを繰りかえしているわけだが、うがって読めば、これは時雨のなかの痩せ男の擬態ととれないこともない。擬態語なのだ。

ともかく、畳語を使って句の韻律を工夫し（ほぐし、おどけさせる面がだんだんつよくなる）、擬態や擬音の語を多用し、動物や虫を擬人化し、人間を擬獣（虫）化？ してゆくことによって、〈喩〉法の効果（とくに皮肉と逆説をじんわりと、しかし印象的に現わす効果）を十分に活用しようとする傾向――むしろそういうことをおもしろしとする嗜好の台頭――が、このあたりから現われ、やがて目立ってくる。世にいう「一茶調」が、このあたりから決まってゆくと見てもよい。

松《まつ》陰《かげ》にをどらぬ人の白さ哉

踊りの輪、手ぶり身ぶり。
〈松陰にほんのり白い女《ひと》の影〉
踊りを見るやら、うらめしげに。
さては恋のひと、いや、遊女、
いやいや、狐――。

「有狐」の前書があるが、これは『詩経国風』からの引用で、一茶はこの年の四月ごろから、詩経の講釈に出席して、さかんに、そのなかのことばを手掛りに作句している。『詩経』はいうまでもなく、孔子編定の中国最古の詩歌集で、日本、朝鮮を通じても、いちばん古い。そのうちの『国風』(主に黄河流域諸国の歌謡)から、一茶は取材している。他に『雅』『頌』の部あり。

「有狐」の句は二つあって、いま一つは、「有狐綏綏」(狐有り、すいすいたり)の前書で、

秋の夜の独身長屋《ながや》むつまじき

がある。『詩経国風』のなかの「有狐」三章中の第一章を引用してみる。

有狐綏綏　狐有り綏綏《すいすい》として
在彼淇梁　彼の淇《き》のかわの梁《はし》に在り
心之憂矣　心の憂《うれ》うる
之子無裳　之《こ》の子《こ》は裳《はかま》無し

吉川幸次郎注によるが、氏の訳がおもしろいので、ついでに引用しておく。「おやまあ狐がうろうろと、淇の川の橋にいる。あら心配だわ。あの子ったらはかまもはいていない（わたしがよめさんになったら、はかまを作ってやるのに）。」――再婚の相手をさがす寡婦が、狐にことよせて男ほしさの情を歌ったものだという。「独身長屋」の方は、男女二人、仲むつまじそうにしているのを、一茶というひとり者が、「おやあ、独り者の長屋に、二人でいるぜ。うまくやってらあ」と、羨《うら》やみ、あやしんで、ついにはおどけて、句にしているのである。従って、見ているものに女と男の違いがあり、艶も違う。ちなみに、「綏綏」は、吉川注によれば、「匹《つれ》ち行く貌《だ》」と、「独り行きて匹《つれあい》を求むる貌」の二解があり、前者だと二匹、後者だと一匹ということになるが、一茶のこの句は二匹のほうだ。

揚句になると、こんどは一匹で、しかも、「有狐」の詩をうたう寡婦の姿をあらわそうとしているように読める。

ただ、そのすがたのなかに、自分のすがたを重ねている――おもわずも重ねてしまっている――ことを見おとすわけにはゆかない。一茶六十歳の作に「六十年踊る夜もなく過《すご》しけり」の感懐があるが、踊り楽しむ群を遠眼に(ときには横目に)見て、過ごしてきた――と自ら思いやっている男のあわれさがある。巷のひとり者の、そうした孤心と女性《にょしょう》への関心が重なって、あやしく、あわれにおもうものがあったのであろう。つまり、「をどらぬ人」は自分でもあり、それが「白さ哉」で自分からつつと離れて女人となり、やがてまた、「哉《かな》」の余韻のなかで重なってゆくということだった。

『詩経国風』の「有狐」に発してこの句を得たとき、「有狐」の素朴さは、孤独な独身者の、かなり複雑な心意によって塗りかえられていた、ということでもある。

夕月のけばくしさを秋の風

やさしさでなく、けばけばしさ、
獣のようになまなましく
いま宙にいる夕月。
すべての衰えを吹く
秋かぜにふきみがかれて。

前書に「月出《げっしゅつ》」とある。『詩経国風』のなかの「月出」三章冒頭を掲げる。

月出皎兮
佼人僚兮
舒窈糾兮
労心悄兮

月出《い》でて皎《あざや》かなり
佼《は》しき人の僚《うるわ》し
舒《おもむ》ろに窈糾《ようきゅう》たり
労《つか》れし心の悄《うれ》わし

吉川幸次郎訳――「さし出る月のあざやかさ。美しい人の器量よさ。しなやかにしゃなりしゃなり。(それを思いやるわたし。)つもる思いのなやましさ。」

こんどは男が、美貌の恋人を、月光のなかにおいておもう歌だが、三章にわたって、うるわし、うつくし、を繰りかえし、窈糾《ようきゅう》(しゃなりしゃなり)、懮受《ゆうじゅ》(しなやか)、夭紹《ようしょう》(くねくね)の擬態語を連ねている。そして、各章とも、結びは、「つかれし心のうれわし」が二度、「つかれし心のかなし」が一度、というぐあいだ。

一茶がこの詩の女の姿から、「夕月のけば〱しさ」を想出し、男ごころから「秋の風」を連想していることは、まず間違いない。そして、「けば〱しさ」という想出には、肯定的でないもの、むしろ反撥感が感じられることも事実だ。その反面では、いささか過度に、恋い疲れた男への同情がはたらく。

しかし、そういう対比だけだったら、この詩の一茶的直訳ということで終るのだが、一茶の感性は、それだけでは済まさない。一歩入って、その対比の醸し出す得もいえぬ美感に陶酔している節《ふし》がある。おもい萎えた男の情と、追い求められてますますなよつく、驕奢ともいえる女の姿の醸す美感は、獣のように新鮮なのだ。野性のにおいがする。

文化句帖

文化元年〜六年（一八〇四〜一八〇九）——四十二〜四十七歳

初蝶のいきほひ猛《まう》に見ゆる哉

ことしはじめての蝶がとぶ。
ひらひらとやさしいが、
たけだけしいほどの勢いがある。
春がきたのだ。

文化元年の元日から、句日記『文化句帖』を書きはじめている。はじめに、「今歳《ことし》革命の年と称す。つらつら四十二年、他国に星霜《せいさう》を送る」(原文は漢文)と書きとめているが、この年の干支《えと》は甲子にあたり、いわゆる革命の年とされる。享和四年を文化に改めたのもそのためで、辛酉の年が革命の年とされ、ともに改元などがよくおこなわれた。

こういう干支への関心は、一茶が、詩経とともに易《えき》に食指を動かしていたことによる。四十歳をすぎて、なお独り江戸暮しをしている自分の運命を見定めようとする気力が、湧きはじめていたのかもしれない。交際も広くなり、故郷柏原の人たちとの交流も増えている。そして秋には、本所相生町五丁目に家をもつ（借家だが）。家をもつと、さらに訪問客も増えて、業俳のほうも、なんとなく安定してくるようだ。

そんな時期の句である。父と立砂の死後の〈放浪〉期が、ようやくおさまってゆく感じもある。漂泊の月日にかわりはないが、放浪に窶れていた身が、なんとなく鎮まってゆくのだ。

その復調の気力――それが、この句の根にあり、一茶は時季の勢力を蝶にみている。彼に蝶の句は多く、この『句帖』中にも好句が多い。しかし、

手のとどく山の入日や春の蝶

町口ははや夜に入りし小《こ》蝶哉

蝶とぶや狐の穴も明かるくて

かつしかや雪隠《せっちん》の中も春のてふ

初蝶の一《ひと》夜《よ》寝にけり犬の椀《わん》

と挙げてみても、これらの蝶が、一つとして「いきほひ猛に見ゆる」もののないことがわかる。可憐な、優しい、明るみをおびたものである。その点、掲記の句は一茶

の蝶俳諧のなかでも特殊なものといえようし、それだけに、彼のこのときの気持をあらわしていておもしろいわけなのだ。

寝《ね》仲《なか》間《ま》に我をも入《いれ》よ春山《はるのやま》

ごろごろ寝ているんだね、昼間から。眠っているのもいれば、ぼそぼそ話しているのもいる。そのなかに入って、空《あ》いているところにごろりと寝る。障子はあけっぴろげで春の山がみえる。寝ている気分も春の山。

前句同様、文化元年の作。この「春の山」の感じは、故郷北信濃のものではない。この句のそばに、「春風や黄金花咲く陸奥《むつ》の山」があるが、これは想像の作であること、いうまでもないから、これを根拠に東北地方の山ということもできない。この「春の山」には、北信濃や東北地方の山を感じさせる山容がないのだ。いや、山容ということばじたいが浮きあがってしまうほどに、雰囲気的なのだ。

おそらく、業俳として歩いていた房総あたりの山山からえていた印象が土台だろう。その気分に春を添えて、そのなかにひたり込んでいるうちに出来てきた句にちがいない。

「寝仲間」のごろごろしている部屋は、あまり広い部屋でないほうがよい。むろん狭くては困るが、広すぎるよりよい。からだが触れ合うくらいの状態で思い思いに寝ているのがよい。したがって、温泉か鉱泉宿の湯治客とみれば無難だが、たとえば、下総国布川の月船亭《げっせんてい》とか、知友・鶴老《かくろう》の住する西林寺(守谷)あたりの一部屋でもよいとおもう。

とにかく、これは、日常の体験を想像のなかで組み上げ、気分のなかにとかしこんでいった想像の所産で、とくに具体的に場所や対象を詮索しないほうがよい。すると詰らなくなる。雰囲気を味わえばよいのだ。

それにしても、まさに春の山そのものの駘蕩感であって、こういう陶酔的な――気分のなかにひたるように入ることのできる感性の柔らかさが、なつかしい。

さはつても時雨《しぐれ》さう也ちゝぶ山

平野のむこうから近づいてくる秩父の山山は、紅葉《もみじ》もあせて、枯色の山肌。さわっただけでも時雨れてしまいそうな、さむざむとした山肌。

文化元年作。江戸から故郷の柏原に皈《かえ》る道は中山道で、戸田の渡しを越えてゆくほどに、左手から右へ丹沢山塊、多摩の山山とつづき、それに秩父連山が見えてくる。秩父の山の右手には、妙義、榛名、赤城の三山をはじめ上州の山が重なり、さらに右には、日光の高峰がつづく。山の連なりに向かって歩むのである。丹沢のはずれには富士の秀峰が見えたであろうし、妙義、榛名のむこうには浅間山が見えてもいたろう。そのさらにむこうに上信越の山なみ。

その打重なる連山は、中山道が北西にはっきり進路を定めるにつれて、秩父の山山を軸に近づいてくる。そして、利根川を越すころから、こんどは上州の重畳たる山が迫ってくる。帰郷を急ぐ一茶にとって、秩父の山が印象的であったのは、そのためである。信濃の山国に皈るおもいが、まず秩父嶺によって、搔きたてられたということだ。

そのせいか、一茶は三度、秩父の山を句にしている。最初が掲記の作で、二度目は、

五月雨《さみだれ》や胸につかへるちゝぶ山

文化七年、四十八歳のときだ。そして、三度目は、

鴈《かり》鳴くや浅黄に暮るるちゝぶ山

で、五十二歳になる。

四十八歳の句は、遺産分配問題が落着したあと(二年前に、一茶、弟仙六、本家弥市の連名で、村役人に「取極一札之事」を差し入れた)、なお感情のうえでしこりを残していた時期(むしろ、しこりが根深くこびりついた時期というべし)だけに、なんとなく鬱陶しい帰郷だったのだろう。しかも、江戸を立つころから毎日雨がふっていたようだ。そんな気分を端的に反映していて、「さはつても」の句より粗い。すこし観念的でもある。

五十二歳の句となると、前前年(五十歳の暮れ)に柏原に落着いたあと、二十八歳の菊と最初の結婚をした年のものだ。結婚後、江戸に出て、江戸俳壇に別れを告げる記念集『三韓人』を編んでいる。老後の安定感を得て、しかも次の設計になんとない意

気込みをもっていた、いわば、良い時期のものだが、作品も、その気分を映してか、あっさりしたものだ。かるい哀愁も、安堵のなかに訪れる態《てい》のもので、それこそ浅黄空に静かに消えてゆくものなのだ。

つまり、秩父の山を詠じた句では、掲記のものがいちばん鋭敏で、傷みやすい心情のときの句、といってもよい。一茶は、父の死後、文化三年(四十四歳)まで、約四年間帰郷していないから、この作品は、江戸住まいのなかの想像のものだろう。意思は目覚めつつあったとはいえ、傷みなお癒えずの感で、そのため一茶の繊細な感覚はくつろぐことはなかった、といってもよい。

木がらしや地びたに暮るゝ辻《つじ》諷《うた》ひ

辻に身すぎの謡《うたい》をうたう浪人。やがて暮れて、その落魄の影は沈む。木枯しふく江戸の巷の地べたに。

やはり文化元年の作。「世路《セイロ》山川《サンセン》ヨリ嶮《ケハ》シ」の前書あり。「辻諷ひ」は、辻に立ち、謡をうたって扇子に銭を受ける、浪人の身すぎの業で、一茶はそれを見て、世に生きる路は山川よりけわしい、と痛感するのである。その痛感が「地びたに暮るゝ」という詞《ことば》に移る。

なお、杜牧「早行」に「何時世路平」の詩句がある。芭蕉を尊敬する一茶は、当然杜牧の詩を読んでおり、この詩句を承知していたはずである。

この「地びた」は同じ年の、同じような世相描写の句にもあらわれている。

雪《ゆき》汁《じる》のかゝる地びたに和尚《をしやう》顔《がほ》

この『句帖』の十二月二十六日のところに、「晴、鎌倉円覚寺教導日本橋に晒《さらさる》」ではじまる一文があり、この句の前書になっている。それによれば、僧・教導は「九五近き身」（九五は易でいう最上位）ということだから、僧としての位の高い人で、それが女犯《にょぼん》の僧として晒の刑を受けたのである。「色好むは人性にして、」と一茶らしく倫理的なしたり顔を避けてはいるが、なかなかの僧が女犯の罪で巷にさらされるのは、「余所目《よそめ》さへいとほしく、にがにがしくぞ侍る。」と、愁嘆の色をみせている。色好みは仕方ないが、晒されている僧はみじめだ。僧の身でなんでまあ、こんなことになったんだろう、という感じである。

だから、「おしょうづら」と投げ捨てるように読むよりは、「おしょうがほ」とやんわり読むほうが一茶の気持に合う。この、やんわりのなかに皮肉を込めてゆく書きかたが、しだいに一茶のなかに熟してゆくことになるわけだが、「地びた」という言い方も、「地づら」などより柔らかい。

女犯の僧で付け加えれば、女犯で晒《さらし》になるのは、寺持《てらもち》でない僧、つまり所化《しょけ》僧に限られ、それも相手が人妻でない場合のようだ。人妻だと獄門になり、人妻でない場合でも寺持僧は遠島の刑に処せられたらしい。とすれば、この句の僧は、人妻以外の女性と関係した所化僧ということになる。晒し場所は日本橋が普通だった。

山やくや眉にはらく夜の雨

ひとり出てみる、夜空の山焼きの火。
ふと　眉に冷たく　雨
かすかに火に映える雨の糸。

文化二年の作。山焼きは、まだ芽ぶかぬまえに、山の枯草や灌木を焼きはらうことで、灰を肥料にし、山菜類の発育をうながし、害虫駆除に役立てる。早春の季語だ。その早春の夜のひとりの情を、けれん味なくうたいあげている。この時期の一茶の代表作としたい。後年、いま一つ、山焼きの好句をものしている。

山焼や夜はうつくしきしなの川

夜陰をしらじらと流れる信濃川が眼に浮ぶ。その川面には、山焼きの火が、かすかに映えていて、ここでも、あえかな、水と火の映《うつ》りがある。ただ、この作品のほうが大振りで、大振りの美しさを発揮している。一茶五十六歳の作だが、五十歳で故郷に帰住して六年経つ、結婚もした、という男の、ある落着き——どこか信濃の地面《じづら》を感じさせる落着きがみえる。その点、掲記の句の若さ(細く、ゆれやすい、ひとりごころ)とは違う。

ちなみに、一茶は、信濃に関わる戦国武将に関心をもっていたようで、帰郷の途次、しばしばそれらの墓に詣でている。句帖などに書き残されているものでも、村上義清、宇佐美駿河守定行、山本勘介といった上杉、武田関係の武将の名が出てくる。一茶が、これら武将の面影をどう消化していたか不明だが、「山焼や夜はうつくしきしなの川」という表出のなかには、その面影が感じられる。いや、それを加えて読んだほうが、句のなかの信濃の地面がより重くなるようにおもえる。

狙《さる》も来《こ》よ桃太郎来《こ》よ艸《くさ》の餅

さあ、草餅だ。猿もこい、桃太郎もこい。みんなこい。きび団子と間違うなよ。

文化二年作。草餅はむろん春のもの。早春のものといいたい。芭蕉に「両の手に桃とさくらや草の餅」があるが、音律《リズム》の弾みがなんとなく似ている。しかし、芭蕉の、いささか構えた句風と、一茶のこの句の身軽さとは異なる。武家と庶民の違いに似た感じがある。

一茶には、こういう〈呼びかけ〉の――その気軽くヒューマンな――句がわりあいあり、人々に親しまれている。

雀の子そこのけそこのけ御馬が通る

痩《やせ》蛙《がへる》まけるな一茶是れにあり

のような後年の作品もそれだが、これらに連なってゆくものが、すでに、掲記の句にもあるわけなのだ。桃太郎や猿のようなお伽噺のなかの生きものに呼びかける気持が、小動物や虫たち一般への呼びかけに連なり、そこに諧謔《ユーモア》が育ち、好機嫌《フモーリツヒ》な気分がただよう。だから、鬼でも、

　夕暮や鬼の出さうな秋の雲

というぐあいに童話風になり、角力取りのような大男をうたっても、

　負《まけ》角力《ずまふ》むりにげたげた笑ひけり
　秋の雨小さき角力通りけり

ということになる。ユーモアはとぼけにつうずる。呼びかけておいて、とぼけてみせるのだ。

こういう〈呼びかけ〉は、感じやすい人間——通俗的にいえば弱い人間——特有ののという見方もあるが、それ以上に、弱いものが、こういう表現姿勢をとったことに私はたまらない懐しさを感じる。おおかたが表現もなく暮しに追われていたなかで、

一茶は、気軽でヒューマンな姿勢と諧謔の美を開顕してみせてくれたのだ。

なお、ずっと後に、「彼桃《かのもも》が流れ来るかよ春がすみ」という句を、「老婆洗衣画」と前書して書きとめているが、ここでも桃太郎が扱われている。しかし、同じくこの『文化句帖』にある、「深川や桃の中より汐干狩」という句の「桃」は、桃太郎の桃ではないが、桃太郎を生んだ桃そのものであることには間違いないようだ。艶なる喩としての桃――。

何《なに》桜《ざくら》かざくら銭《ぜに》の世也《なり》けり

なんだかんだと桜に名をつけて、稼ぎにかかってる。銭の世だなぁ。

文化二年の作。世相をズバリうたっている句だが、先ほど挙げた「辻諷ひ」や「和尚顔」の句のように直接に情景を描くのではなく、情景全体の印象を、やや観念的な映像に仕立てあげるのだ。

この種の作品は、この後もずいぶん作っているが、貨幣経済丸浸《まるびた》りの江戸に住んで、一茶の〈銭の苦労〉も並大抵ではなかったのだ。おもしろいエピソードがある。

この句から五年あとのことだが、一茶は夏目成美《せいび》の家の留守番をしていた。成美は井筒屋八郎右衛門といい、父祖代代、浅草蔵前で札差《ふださし》業を営んでいる金持で、一茶のことは、早くからよく面倒をみていた。一茶も何かといえば成美のところに転がりこみ、晩年、柏原に帰住してからも、じつにしばしば文通し、句の添削まで乞うている。

その成美なのだが、ちょうどそのとき、金箱の金がなくなったのだ。留守をしていた人たち全部が足どめをくうことになり、とうとう八日もとめおかれることになった。

結局、金は出ないで、一応無罪放免ということになったわけだが、一茶の心中はおだやかではなかったようで、『七番日記』(この『文化句帖』の次の句日記)に、「我モ彼党ニタグヘラレテ不レ許二他出一」(おれも連中同様ものとりの一人に疑われて、外に出してもらえなかった)と、うらみがましく書きつけていた。

こういうきびしさが、銭金《ぜにかね》についてはあった、ということで、親友も知己もあったものではない、という感じが、一茶にはカチンときていたにちがいない。

だから、銭については、似たような句が多い。どれ一つ、あまり好句とはいえないが。

羽生《は》へて銭がとぶなりとしの暮
町並や雪とかすにも銭がいる
御《み》仏《ほとけ》や寝てござつても花と銭
二三文銭もけしきや花御堂
今の世や蛇の衣《ころも》も銭になる
朝顔を花にまでして売るや人
土一升金一升や門涼み

古利根や鴨の鳴夜《なくよ》の酒の味

古利根の枯れふかく水のにおいもなし
鴨の鳴く夜はことに寒く
旅の酒身にしむ

文化二年頃の作。「鴨」は雁に似ていて、秋、日本列島に飛来し、春、北方へ帰る。『歳時記』で冬の鳥として扱われる理由だが、一句全体に寒さがしみ、枯れがひろがる。季語の功徳というべし。

「古利根」は、古利根川の略で、埼玉県東部、春日部市あたりを南流して、元荒川と合流して中川となる川。江戸時代の初めまでは利根川の本流で、江戸川とともに、利根川の古い河道だ。ちなみに、この『文化句帖』の終るころ、利根川の河川改修工事が完了して、現在の銚子方向に注ぐ流路となったのだが、そのため、渡良瀬川が利根川にそそぐ栗橋あたりから境にかけて新河道が造られた。そして、真直ぐな土手で仕切られたあとの外側に、河水の溜りができた。葭が生え、葭切が鳴き、冬は鴨があつまる、情緒に富む沼沢地帯ができたわけだが、そのあたりを含めて古利根という人もいる。

一茶は葛飾一帯を、業俳としても、知人を訪ねるためにも、よく歩いている。当然、古利根のあたりを逍遥することもあったろう。その、ある夜の、旅情ともいうべきひとりごころだった。

彦星《ひこぼし》のにこ〳〵見ゆる木《こ》の間《ま》哉

七夕の星、牽牛が、えらく御機嫌で木の間に見えるわい。よく晴れて、これなら織女《しょくじょ》に逢えるかな。

文化三年作。「彦星」は、鷲座の首星アルタイルの和名。年に一度の七夕（旧暦七月七日の夜）に、織女星（棚織津女《たなばたつめ》）に逢うと伝えられる。したがって、『歳時記』では、七夕は秋の季語になる。いまは、新暦七月七日にそのまま移して七夕祭をやるところが多いが、これでは暑いばかりで情感に欠ける。七夕には初秋の空が必要なのだ。

この句を、ズバリ七夕の夜ととることには私には不満がのこるが、わかりやすく、そう受けとっておいた。芭蕉の「文月《ふみづき》や六日も常の夜には似ず」ではないが、七夕のまえの彦星の表情ととらえるほうが、味わいがふかい。

なお、「にこ〳〵」は擬態語で、この種の擬態、擬音の語、そして擬人法が一茶の句には多いこと、すでに触れた。これからもしばしば見参するだろう。

初霜や茎《くき》の歯ぎれも去年迄《まで》

茎漬《くきづけ》を歯切れよく食べることができたのも去年までだった。もういけない。歯が言うことをきかないわい。初霜だなあ。

文化三年、四十四歳にして、一茶の歯は茎漬をさりさりと嚙めなくなったのだ。歯の弱まり。茎漬は、蕪《かぶ》や大根の茎を葉とともに塩押しして漬け、寒い季節の食用とするもの。歯切れの感じが味の大きな要素だから、これではいけない。一茶はがっくりしている。

「初霜や」は、はじめて霜のおりた朝の体験ととってもおかしくはないわけだが、いやはや、自分にも初霜がきたわい、という思い入れを加えて読みたい。思い入れが入っても、なお、理屈倒れしないところがよいわけなのだ。つまり、思い入れが、初霜という語のひびきになっているところがよい。

一茶の歯は五十一歳で全く抜けてしまい、「すりこ木のやうな歯茎も花の春」ということになる。また、この四十四歳のときには、「梅干と皺くらべせんはつ時雨《しぐれ》」という句もあるから、梅干婆さんならぬ梅干爺さん的皺の寄りぶりを呈していたのかもしれない。一般的にいって、当時の人が当今より年をとりやすかったことに間違いはない（一茶は、彼の記録類から窺うと、皮膚病の関係以外は、頑健だったようだし、だいいち、じつによく自分の健康に気を配っていた。薬類についてもなかなか知識がある。その男にして然りである）。

江戸じまぬきのふしたはし更衣《ころもがへ》

また夏だ。なんとかかんとか言っていても、いつのまにかおれも江戸の風に染まってしまった。染まらないときが懐かしいな。

文化四年の作。「更衣」は夏の季語で、一茶のころは、旧暦四月一日を更衣の日と定めていたはずだ。もっとも、一茶がそれを守っていたかどうかはわからない。〈じっと見る〉習性を身につけていた――そういう客観性の鋭い――一面とともに、規則に従順な、保身上手な面を具えていたから、案外表面では、江戸の習慣に逆らわなかったかもしれない。そして、そのことをふと自己嫌悪したとき、こんな句が生まれたのかもしれない。

ともかく、北信濃の田舎者一茶は、どうにも江戸になじみきれなかったようだ。もっとも、大金をもっていて、市井を見下ろすような位置にいたら、わりあいあっさりと江戸風になじんでいたかもしれない。ところが、しがない業俳であり、一種の寄食者だった。コンプレックスがある。だから、接する相手にむかって一茶の鋭敏な神経がいつも働いていて、相手の些少な軽蔑感をも許さないところがあったのだろう。それが、ことに、江戸風《とかいかぜ》を振りまわす相手に鋭かったのではないだろうか。

むろんそれを、一茶は表面には出さない。噛みころすことのなかで、彼の北信濃への帰心は養われ、自分の田舎者的特徴への眼が鍛えられていったのだ。この年あたりから、一茶は帰郷定着のために精力的に動きはじめる。五十歳で帰住するまで故郷へ六回足をはこぶ。

目をぬひて鳥を鳴かせて門《かど》涼《すずみ》

あの連中は門のあたりで涼んでいるが、家の中では、目を縫われた鳥がぴーぴー鳴いている。早く肥《ふと》らせて売るつもりなんだろう。ひどいもんだ。

『文化六年句日記』に出ている句だが、出来たのは文化四年らしい。翌年には、「花さくや目を縫《ぬは》れたる鳥の鳴く」がある。目を縫いつぶして、あまり動けないようにして飼うと、肥るのが早い。そういう商売をしている家の前を通ったときの作だ。

つまり、長文の前書があり、首を伸ばすこともできないような床下の雁や鴨などの描写があり、親の代からのことだから「ぜひなき稼《なりは》ひ」とはおもうがと、ことわりながら、罪もない鳥をこんなにして飼って、はては貴人の酒食の膳に供えてしまうのだろう、と憾《うら》んでいる。「鳥の心思ひやられ侍《はべ》る」と書く。場所は小田原。別にも句がある。

雁《かり》鴨《かも》の命《いのち》待つ間《ま》を鳴きにけり

心からしなのゝ雪に降られけり

ふるさと信濃。雪はしきりにふりかかり、おれのこころを暗くうずめる。
ふるさととはこういうものか。
ふるさととはこういうものか。

文化四年、父の死から、まる四年ぶりで一茶は故郷柏原に帰った。第一回は八月、亡父七回忌に列するためといわれている。第二回目は十一月。この作品は二回目の帰路、知友・滝沢可候《かこう》の家に泊ったときに残したもの。

二回の故郷訪問は、ともに〈招かれざる客〉として扱われている。第一回のときに、「たまに来た古郷の月は曇りけり」、「思ひなくて古郷の月を見度き哉」があり、二回目にも、「雪の日や古郷人《ふるさとびと》もぶあしらひ」がある。そして、掲記の句となる。遺産分割を父の遺言通り実行するように迫る一茶にたいして、継母と弟・仙六の態度が冷たかったためだ。したがって、二回とも、ほとんど生家にはいない。近辺の知人、門人のところに泊っていることが多い。

この作品が、そうした憎悪にちかい憂鬱な感情のなかから出来てきたことは、まちがいあるまい。「心から」と切字「けり」とのひびき合いのなかに、一種の凄《すご》みを利かせようとしている気配がみえる。句の左に、「漢書ニ、若《モ》シ人有リテ芳ヲ百年ニ留ムル能ハズンバ、臭ヲ百年ニ残サン」と書き添えてあるが、それなくしてもそのことがわかる。

ただ、ここで注意しておく必要があるのは、句のなかの「しなの」や「古郷」は、継母と弟の生家の範囲にとどまるということである。柏原にも、そう知り合いがあるわけではないから、生家にたいする暗い感情が、そのまま、柏原の人びとや親類縁者にまでおよんでいたことは考えられるが、ともかく、それは、しなの全体、古郷全体ではない、ということである。なぜそんなことをいうかというと、一茶は、遺産交渉と同時に、業俳としての地盤固めをすすめていたからだ。柏原定住のための経済基盤の確保を、二つの方向から同時に推進しはじめていたわけなのだ。

この句を残した滝沢可候は早くから文通していた人であり、この二度の帰郷でも、二度とも訪ねている。野尻や六川《ろくがわ》に知友、門人が出来たのもこのときだ。その人たちは、〈失意の〉一茶をこころよく迎え、遇している。一茶も努めている。

つまり、生家へは事務的訪問、知友、門人へは昵懇な訪問ということになるから、一茶の失意の内容もそのまま受けとることはできないし、作品も誇張を承知で読まなければなるまい。

山霧や声うつくしき馬糞かき

霧のなかの声がうつくしい。山路の馬糞を掻き集めながら、声を掛けあっているのだ。信濃の秋だ。

文化四年、二度目の帰郷のときの作。山あいをゆき、山を越える信濃の街道を、一茶は朝霧につつまれて歩いてゆく。そのとき、霧のむこうから、とつぜん声がとびだし、美しくひびいたのである。女の声というより、むしろ少年の声。「うつくしき」から女声を想像するのは俗解というものだ。

「馬糞かき」は、路上におちている馬糞を掻きあつめること。私も幼時、秩父街道(埼玉県秩父山峡)のそばに育って、祖父の指図で、馬糞あつめをさせられたものだ。祖父はこれを木炭とまぜて積んで堆肥を作り、菊栽培用の土に使っていた。昭和初年のころだが、その当時は、荷物運送用の車を曳いた馬が、街道を往来していて、どこにでも立ちどまってそのまま糞をしていた。

一茶帰郷のときの作品として、うらみつらみの句とともに、こういう句があることを承知しておきたい。一茶、純真のとき。

片里はおくれ鰹《かつを》も月よ哉

ずいぶん古くなった安鰹だが、かつおはかつお。片田舎の月夜に御到来。

文化五年の作。鰹は盛夏のものだが、初鰹は初夏の味覚だ。しかも、それは新鮮なものに限る。ところが、江戸の町中《なか》にいても、新しいのは高かった。初鰹の最高値では天明の頃に一尾二両三分というのがある。遅れ鰹の最低値のものだと、それだけ出せば、三十五本くらいは買えたらしい。いかに値開きがあるか、おして知るべし。片田舎では、遅れ鰹の安鰹しかこない。新鮮なものとなれば、江戸で買うよりずっと高くなる。遅れ鰹が普通なのだ。だから、よしんばあたっても、「はづかしさ医者にかつをの値がしれる」（『川柳評万句合』）などと、はずかしがる必要はない。それよりも、鰹は御馳走だから、さあ鰹がきた、となると、にわかに田舎も活気づく。月の光も明るくなる。

こういう邪気のない句が、本当は一茶好みの句だったとおもう。庶民和楽の触目吟。

七番日記

文化七〜文政元年（一八一〇〜一八一八）——四十八〜五十六歳

斯《か》う居るも皆がい骨ぞ夕《ゆふ》涼《すずみ》

人間とどのつまりは骸骨さ。浴衣《ゆかた》から透いてるのは、ありァ骨だぜ。

——一茶の代表的句日記といわれる『七番日記』にはいる。一茶調といわれるものもこの時期に決まるわけだが、彼自身がこの句日記には意欲的なんだね。題も自分でつけている。

——遺産分配のことを意欲的に解決した翌翌年からこの句日記がはじまるわけですね。そして、柏原に落着いたのが五十歳。五十二歳で結婚、長男が生れて、間もなく死ぬ。長女さとが生れる、というところまでですね。生活的にも、家と結婚を決めて、張り切っている。それが『七番日記』に乗り移っています。

——そうだ。この句にも、なんとなく力感があるし、いままでのものにはあまり見られなかった直截性が出ている。内容だが、『寛政三年紀行』で、「かくいふ我も則《すなはち》幻ならん」と書きつつ、同時に、「本《もと》より天地大戯場《だいぎぢやう》とかや」と居直っていた。無常感は、多少でもこころあるものなら承知しないということはないが、問題は、承知しつつどう生きるか、というところにあるわけだ。一茶の場合は、それを、もとより天地大戯場で、現世に居直ったのさ。その後、文化五年、四十六歳のとき、「あたら身を仏になすな花に酒」という句を、これは画賛だが作っているんだな。大津絵の、鬼が酒をのみ三弦をひいている図に賛したものだが、いたずらに煩悩解脱の仏になんかなるな、それより諸欲を生かし、おおいに、この生身《なまみ》を楽しまそう、さあ花が咲いた、飲もう飲もう、というわけさ。しんきくさい説法はまっぴら、どうせ死ねば骸骨、いまだって骸骨に見えるじゃあないか、というういいかたに通じてゆくんだね。「天に雲雀人間海にあそぶ日ぞ」（『西国紀行』）という句があるが、この「人間」には、肉体のまま成仏できるという密教的印象がある。「皆がい骨ぞ」という発想にも、その影響があるね。とにかく、こういう居直り方の生臭《なまぐさ》い屈折が、文化文政期以後の異端異様の幕末庶民文化を成したんで、一茶もその一人ということになるな。

――それと、「斯う居るも」という口述風な書きかたにも一茶らしさがありますね。「かう生きて居るも不思議ぞ花の陰」とか「斯うしては居られぬ世なり雁が来た」とか、類似のものも同じころに見られます。

かはほりにはたして美人立《たて》りけり

蝙蝠《こうもり》とぶ宵闇に美人、とはおきまりだが、やっぱり美人だぜ、おつにすまして立ってるぜ。

——とまあ、ほぐしてみたが、一茶の句にでてくる女は、どうも色気が少いんだね。

菫咲く川をとび越す美人哉
夕顔にほのぼの見ゆる夜たか哉

ときても、色気が淡いな。ひどくなると、

春雨に大《おほ》欠《あくび》する美人哉
春風の女見に出る女かな
春雨や御殿女中の買ぐらひ

ということになる。色気とは違ったものだね。

――一茶には、同時代の葛飾北斎の絵に似た発想《モチーフ》や視角が指摘されています（栗山理一『小林一茶』）が、たしかに、いまの「夕顔にほのぼの見ゆる夜たか哉」には、北斎初期の「夜鷹」の紙本淡彩に似かよった情景がありますね。そして、同じように、あまり色気はない。

――そうそう。北斎の「あづま与五郎の残雪」とか「潮来絶句」など、いいものだが、色気より、女のいる風景全体の情感の魅力なんだな。哀憐というかな。一茶でも、

春雨や妹《いも》が袂に銭の音

なんて可憐な句が五十八歳のときの作であるんだが、これが特長だね。

――独身のせいですかね。

――いや、いま挙げてきた句のなかにも結婚後のものもあるんだから、そうとばかりはいえない。女性を性悪《しょうわる》で、あわれな生き物として客観視するところがあったんじゃあないかな。「天地大戯場」に敏感すぎるせいだよ。それと、独身でつきあった女性に、本当に愛恋を感じた人がいなかったんではないかな。ほのかな気分のものは西

国を歩いていたころ、あるいはそれ以前のものにもあるが、それ以上のものはない。つきあったといっても、遊里の、それも値の安いところではなかったのかな。

——一茶には計算高いところがあるし、じっさいに銭もなかったから、本気で愛恋には近づけなかったのかもしれない。それだけに苦労もあった——。

蛼《こほろぎ》のなくやころ〳〵若い同士《どし》

若いつれはいいぜ。かじりついたり、笑ったり、ころころしているわい。そういえば、こおろぎもいい声で鳴いてる。ころころ、ころころ。

――若い同士は、男女のつれと限定しないで、若い仲間ぐらいにしておいてもよい。どうも、前の句同様、ここでも、とくに「ころ〳〵」という擬態語からは、色気があまりでてこないんだな。若若しさ、みずみずしさは、でてくるが。

――そうですね。同じ文化七年に、

秋風やあれも昔の美少年
古松や我身の秋が目に見ゆる

といった、自分の年齢を歎じている句がありますが、これの裏がえしとして、若い同士を羨ましがる句があるという印象です。

——五十一歳の作で、

　蚤の跡それもわかきはうつくしき

があるが、同じだね。どうも、この句でも、女性が出てこないんだな。むしろ、美少年だよ。

——美少年といえば、劉希夷《りゅうきい》——あの唐の天折の詩人の「白頭を悲しむ翁に代る」を思いだします。あの詩のなかに「此の翁、白頭、真に憐む可きも伊《こ》れ昔、紅顔の美少年」という詩句がありますが、一茶はこの詩を知っていたわけですね。だから、「あれも昔の美少年」。

雪とけてクリ〴〵したる月よ哉

雪解けでみずっぽくて、あかるくて、水のなかの子供の眼のような月夜だ。

――北信濃に限定する必要はないが、そうしたほうが味わいがふかくなる。江戸にひとり居て、故郷の雪解けを偲《しの》んだ句だろう。「クリ〴〵」という擬態語には、多少のぎこちなさと、ぎこちなさゆえに得られた新鮮さがあるが、これなども想像の所産だ。

――みずみずしいもの、新鮮なものへの憧憬といったものが、しきりにうたわれて、一茶の、老いを知った自分への歎きと抵抗が感じられるわけですが、これなどもその一つですね。雪解けの月夜、などという発想じたいにそれをみます。ただ、そのうたいかたがたしかに直截的ですね。

――「よよよよと月の光は机下《きか》に来《き》ぬ」はどうだい。近代の俳人、川端茅舎《かわばたぼうしゃ》の句だ。これは秋とか春とか季節にこだわらない、月光そのものへの感応だね。そして、「よよよよ」の擬声音に、「クリ〴〵」と同じような新鮮味がある。茅舎のなかの天真なものと、一茶のなかの、普段はほとんど見えないが、天真なものと——似ているね。

白露にまぎれ込《こん》だる我家哉

いちめんの露だ。露のなかのわが家。いやいや、露にまぎれこんで、どこにあるのか分らないようなわが家さ。

――やはり文化七年の作。二年まえに帰郷したとき二百日も借家を留守にしたものだから、帰ってみたら知らない人が入っている始末。それから夏目成美の家に転がりこみ、転転としていたんだよ。「家なしも江戸の正月したりけり」だったんだが、年はじめに柳橋のあたりに借家を見つけて住んだ。この「我家」は、二年ぶりのわが家なわけで、そんな寛ぎがみえるね。

――白露がいいですね。こういう語感が一茶にはよく似合います。なんとなく意味をこめて、しかし白露そのもののうつくしさを十分にとどめて――。

――「まぎれ込だる」だが、この句日記に、

糞《こえ》汲《くみ》が蝶にまぎれて仕《し》廻《まひ》けり

というきれいな句もあるんだよ。白露にまぎれる我が家、蝶にまみれる糞汲の人、双方ともに、いささか劇的ですらある。美しいもののなかに、とっぽりと醜なるものをまぎれこませて、かえって情景全体を美しくしてしまう、という着想は、一茶の好みだったとおもう。「あたら身を仏になすな花に酒」と作りながら、醜、穢、貧などには仏心ただならず、ということかな。

うしろから大《おほ》寒《さむ》小《こ》寒《さむ》夜《よ》寒《さむ》哉

日が暮れると寒くなる。

大寒小寒、山から小僧がとんできた。

うしろから、冬の小僧がとんでくる。


――文化八年の作で、お伽噺や童唄《わらべうた》からの気軽な取材だ。こういう〈童《わらべ》ごころの抒情〉というか、これは一茶独自だね。近世諸俳を通じても、こういうものはあるまい。

――江戸市中での作だろうが、北信濃の晩秋が感じられますね。「うしろから」がいいんだな。そのうしろに、重畳たる晩秋の山なみがある。それも迫る感じで。

――近代の俳人、嶋田洋一の好句に「山なみに冬くる牛の斑《はだ》ら濃き」があるが、やはり近代だね。洗練された季節感はあるが、土俗的な季節感がない。その重く暗いものが一茶の句にはある。身軽に作っていながら――。

春立《たつ》や菰《こも》もかぶらず五十年

乞食にもならず五十歳の春を迎えた。芭蕉翁は「なし得たり、風情終《つひ》に菰をかぶらんとは」と、風雅の徹底を求めたが、おれのような俗物にはとてもできない。乞食にならないだけましさ。まずは目出たし。

——文化九年、五十歳の立春に作ったもので、正月の作は、

おのれやれ今や五十の花の春

なんだが、その前口上のような文章がある。それによると、自分で新しいとおもって練り出した発句も、人は古いとあざけるから、よくよく見直してみると、やはり古い。すっかりいやになって何も作らずにいると、こんどは木偶人《でく》みたいで、やりきれない。とこうしてつらつら考えてみるに、自分みたいなものは、「株を守りて兎を待つ」の類いで、融通のきかない守旧的な男なんだから、そこに腰を据えればいいんだ。「我はもとの株番《かぶばん》」——ときて、この句がでてくるわけなんだ。この前口上は、掲記

の句にも通じていて、自分のようなものは、といいながら、けっこう気持を弾ませているんだね。自虐とか自意識過剰とかいった深刻なものではなくて、ユーモアなんだな。

――この五十歳の暮に柏原に帰住するわけで、五十歳でそれをやってやろうという気構えが、気持の弾みになっているんでしょうね。五十という区切りの年齢で、逆に自分を若返らせようとする気負い、といってもいい。この句の「おのれやれ」ということばは、ただではおかねぇぞ、という人を罵る調子のものですが、むしろ自分を励ましていますね。〈やったるぞお〉ですか。

――俳諧師としての考えは二の次なんだね。ところで、このあたりで、父の死の翌年、一茶四十歳のときから今までの正月の句を挙げてみよう。案外よく一茶の心情の動きがわかるんだよ。

門松やひとりし聞けば夜の雨　（四十歳）
万歳のまかり出たよ親子連　（四十二歳）
欠鍋も旭《あさひ》さすなりこれも春　（四十三歳）
又《また》ことし娑《しゃ》婆《ば》塞《ふさ》ぎぞよ草の家　（四十四歳）

はつ春やけぶり立つるも世間むき　（四十五歳）

あら玉のとし立ちかへる虱かな　（四十六歳）

正月がへるへる夜の霞かな　（四十七歳）

老《おい》が身の値《ね》ぶみをさるるけさの春　（四十八歳）

我《わ》が春も上《じやう》々吉《きち》よ梅の花　（四十九歳）

ついでに、これから後のめぼしい正月吟を並べて、参考に供したい。

人《ひと》並《なみ》の正月もせぬしだら哉　（五十一歳）

あつさりと春は来にけり浅黄空《あさぎぞら》　（五十二歳）

我が庵《いほ》は昼すぎからが元日ぞ　（五十五歳）

目出度《めでた》さも中位《ちゆうぐらゐ》なりおらが春　（五十七歳）

ことしから丸儲《まるまうけ》ぞよ娑婆《しやば》遊び　（五十九歳）

愚のかはらぬ世を経ることをねがふのみ

まん六の春と成りけり門の雪　（六十歳）

春立や愚《ぐ》の上にまた愚《ぐ》にかへる　（六十一歳）

元日や闇《くら》いうちから猫の恋　（六十三歳）

華《はな》の世を見すまして死ぬ仏《ほとけ》かな　（六十四歳）

六十五歳で死ぬが、この年は正月吟なし。六十二歳くらいから、正月の句に目立ったものがなく、衰えが感じられる。

せなミせへ作兵衛店《だな》の梅だんべへ

兄さん、見なさい、あれは作兵衛さんの店先の梅だろう。

――文化九年の作で、「葛西辞《かさいことば》」の前書がある。句としてはたいしたことはないが、一茶の試作としてはおもしろいので挙げておいた。葛西は、もとは下総に属した南葛飾郡地方で、今の東京都江戸川区の南部。一茶がよく歩いているところだ。そこの方言で句を作ってみせた、ということだな。

――「せな」は兄の東国方言、「ミせへ」は見なさい。「だんべへ」は、そうダンベー、のダンベー。栃木、群馬、埼玉で使われます。千葉や茨城にゆくと、「だっぺー」。一茶はいま一つ作っていますね。「せなみさい赤いはどこの梅だんべい」。

――ほかにもあるんだよ。「鶯や田舎廻《ゐなかまは》りが楽《らく》だんべい」。それから、「春がすみいつちちさいぞおれが家」。この「いつち」は、最も、いちばんの意で、長野周辺の群馬県吾妻郡や新潟県中魚沼郡あたりの方言なんだね。まだある。有名な、

我と来て遊べや親のない雀

の「遊べや」は「あそんべーや」と読まないと、六歳のときの句にはならない、ということだ。

――文政二年、一茶五十七歳のときの『おらが春』では、六歳弥太郎の作となっていますが、『七番日記』では「八歳の時」とありますね。むろん、あとで作ったものでしょうが、仮にもその年齢で作ったものと受けとりたいのなら、方言で読むべきですね。

なの花のとつぱづれ也ふじの山

菜の花畑のはじっこに、やっとふんがかるように富士山がいるわい。

——文化九年作。ここでも「とつぱづれ」が新潟県頸城地方の方言で、過失ということ。しかし、そこから〈はずれる〉という意味で使われ、何を間違ってはずれやがったんでェ、という調子で、「とつぱづれ」。もっとすすんで、このとっぱずれ野郎、ぐらいまでいって、端っこも端っこ、とんちんかんなくらい端っこ、ということに使われていたんだね。こんなことばを気軽に使っても様《さま》になるところが一茶だ。

——国文学者の栗山理一氏は、この句と葛飾北斎の「富嶽三十六景」中の「神奈川沖波裏富士」の視角がよく似ていると言っていますが、たしかに同視角ですね。もっとも、三十六景の描かれたのは文政八年頃ですから、この句よりずっと後は後ですが、北斎と一茶の共通性は、文化文政期芸術の特徴を知るうえにも、興味あることですね。

——一茶は「とつぱづれ」がすきだったのかな。「晴天のとつぱづれなり汐干狩」、「炎天のとつぱづれなり炭を焼く」。一茶の句に、この種の類型句はじつに多いんだよ。

花げしのふはつくやうな前歯哉

けしの花びらのように、ふわふわ揺れる前歯。ああ、抜けそうだ。

——やはり五十歳のときの句で、前に四十四歳で茎漬が嚙めなくなったと歎いていたが、嚙めないどころか、いよいよ抜けそうだ、というわけだ。
——それにしても、けしの花片を類似《アナロジー》に見立てたのは、さすが、という感じですね。風にゆれるけしの花弁の、やさしさ、たよりなさを抜けそうな前歯に結びつけるなんて、なんとも肌理《きめ》のこまかい感性です。

夕《ゆふ》皃《がほ》の花で洟《はな》かむ娘かな

かわいい娘さんが、夕がおの花ではなをかんでる。ほんのり丸い顔に、白い花がはりついた。

――文化九年作。この句は、その後いくども作りかえられている。作りかえ、というより、無頓着な類型作というべきかもしれないが、まず「蕣《あさがほ》の花で鼻かむ女哉」、次いで「夕皃の花で洟かむおばばかな」、さらに、「夕顔の花にて洟をかむ子哉」。しかし、いずれをとっても、この句に如《し》くものぞなし、だ。

――「洟かむ娘」がいいんですね。夕顔の白い大きい花と、こころにくいほど、よく合う。ただ、この作品でも、五十男一茶の、娘にかける愛憐の情が色濃くでていて、娘のお色気というものは感じられませんね。つまり、一茶らしい句。

是《これ》がまあつひの栖《すみか》か雪五尺

雪の深いこの山国。ここがおれのさいごの住処か。死にどころなのか。
漂泊三十六年、とうとう戻って来たわい。

――「廿四晴、柏原ニ入《いる》」の前書がある。文化九年十二月二十四日、一茶は柏原に着くと、岡右衛門という人の家の一部を借りて、庵とした。知友、門人の協力で、それは庵らしくなる。越年すると、正月十九日、父の十三回忌を済ませ、そのあと弟に向かって強引に最後の談判をはじめた。要するに、分割の一札を村役人に提出した文化五年以前の収入処理の問題で、一茶としては、五年に決まった田畑の収入は、それ以前にも遡るべきものとして、その分を弟に要求したのである。そして、ついに、菩提寺専念寺の住職の調停で、二十六日に和解が成立した。遺産問題は、これですべて決着したわけだから、このとき以降を一茶定住とみたほうがよいのかもしれない。ただこの作品は、庵にいるときに作ったものだが、定住の心底は定まっている。

――江戸の夏目成美にこの句を送って、見てもらっていますね。

――そう。これと、「これがまあ死にどころかよ雪五尺」を併記して、いずれかと問うている。飛脚にもたせてやったんだが、見て、朱を引いて、この飛脚に戻してくれと、添状に書いているほどだから、気持がずいぶん昂揚しているね。むろん、成美は掲記の句を推すわけだが、そのとき書いている評言の一部が適切だ。いわく「情がこはくて一ッ風流」と、ね。

――「つひの栖」は歌語。芭蕉に「幻の栖」の語がありますね。北信濃は日本でもっとも雪の深い地方だから、雪五尺も不思議ではない。一茶には別に「初雪やといへばたちまち三四尺」があります。「俳諧寺記」(文政三年)には、柏原の暗い冬の生活が書かれています。帰郷定住のために江戸と柏原のあいだを往復していたときとは違った、もっと土着的な生活意志を要求されることになったわけですね。それが、まぼろしの栖のなかの終《つ》いの栖という思念と重なります。

――その一筋の意志とともに、反面では、「ほちやほちやと雪にくるまる在所かな」とか、「納豆の糸引つ張つて遊びけり」といった身軽な句を作っているんだね。だから、「是がまあ」も、まあまあ、たいへんな雪で、といったていどの、故郷への挨拶句ととれないこともない。案外そうだったかもしれないとおもうときもある。それに、この『七番日記』のはじまりに書いた文章では、「安永六年旧里を出てより、漂泊三十六年なり。日数一万五千九百六十日、千辛万苦、云云」となってるわけだ。ちゃんと日数を数えてみせているところが、いかにも一茶らしいんだね。こういう、〈こことおもえば、またあちら〉式の振幅——これが、成美が「情がこはくて」といっているところかもしれないアクのつよさだ。しかし、仔細にみれば、その根は純情ということで「一ッ風流」。一茶に愛恋の句が乏しく、女をうたっても本当の色気が出せない理由を前に述べたが、女性にもてなかった点もあるかもしれないよ。こういう男は、ふつうの女にはもてないよ。

下《げ》〱《げ》も下《げ》〱《げ》下《げ》ゝ《げ》の下《げ》国《こく》の涼しさよ

雲の上の上人さまにはおわかりになりますまいが、ここは信濃も奥の奥、雲の下のその下の、雪と貧乏の国でござんす。それでもまあ、こうして湯につかってると、涼しいもんですよ。住めばみやこですか。

——文化十年の夏の句。「おく信濃に浴《ゆあみ》して」と前書があるが、六月に善光寺の祇園祭を見にいって、癰《よう》をわずらって、九月になってやっと直っている状態だから、いつごろ温泉にいったのかね。もっとも、そんなことはどうでもいいんで、ここで一茶が言おうとしていることがおもしろいんだ。この句から七年後に書いた「俳諧寺記」に、こうあるんだよ。「沓《くつ》芳しき楚地の雪といひ、木ごとに花ぞ咲きにけるなどと、奔走めさるるは、銭金ほどきたなきものあらじと手にさへ触れざる雲の上人のことにして、雲の下の又其の下の、下下の下国の信濃もしなの、奥信濃の片隅、黒姫山の麓なるおのれ住める里は、云云」とね。それから、雪の下の暗い、金銭にきびしい暮しの様子を書きたてるわけだが、どうだ、こういう暮しもあるんだぞ、とつきつけている。

——卑下とか卑屈とかではなくて、どうだ、と突きつけている印象ですね。リズムを調子よく工夫しているし、「涼しさよ」でサッサとはずしています。六十歳のとき、

菊咲くや二夜泊りし下下《げげ》の客

という好句をものしていますが、こういうふうな包む感じですね。下下《げげ》をつつんでゆく心底——。

——そうそう。帰郷定着の年で、故郷の風物に、新しいおもいで積極的に触れているときでもある。視角のいきいきしている句が多いんだよ。たとえば、

ゆうぜんとして山を見る蛙哉
春風に尻を吹《ふ》かるる屋根《やね》屋《や》哉
一ッ舟に馬も乗《のり》けり春の雨
蟬なくや我家も石になるやうに
古郷《ふるさと》や蚊屋につり込む艸《くさ》の花
あの月をとつてくれろと泣く子哉

とうふ屋が来る昼顔《ひるがほ》が咲《さ》きにけり

どうです、なかなかいいでしょう。

はつ雪を煮《にて》喰《くらひ》けり隠《いん》居《きょ》達

煮て食うとは、なにかのまじないかな。なつかしさというものかな。
雪は初もの、喰うほうは皺くちゃ。なんだか気味がわるいや。

――文化十年の初冬の作。故郷に身体《からだ》で触れている感じの句だ。いや、故郷の胎内に這入りこんでいる句。

――初雪と老人という配合だけでも無気味な雰囲気がありますが、その老人どもが初雪を煮て食っているんですからね。短篇小説にしてもいいくらいです。題は、山国、あるいは家郷――。

春風や鼠のなめる角田《すみだ》川

春風の隅田川。鼠が一匹ちょろちょろでてきて、川の水を舐めはじめた。
ぴちゃぴちゃ　ぴちゃぴちゃぴちゃ
その音が、しだいにひろがる。呟きのように。

——文化十年。江戸のときをおもっての作だろうが、暗い句だ。隅田川の流れは暗流で、鼠に怨念を感じる。舐める音が鋭いな。いや、すごい感覚だとおもう。能の「隅田川」が根にあるのかな。もし、そうとすると、これから一茶は次ぎ次ぎに子を得ては失うのだが、その予感かな。

——鑑賞過剰の感があります。荘子の「偃鼠飲㆑河不㆑過㆑満㆑腹」が下敷ではないでしょうか。寛政から文化文政期の老荘研究の多彩さはいうまでもありませんが、それに加えて、芭蕉以前からも、俳諧には老荘的風雅の伝承があります。『田舎荘子』的なものにせよ、雑学の一茶が嚙っていないはずはありません。ここでは配合の意外性としてあらわれていて、夏目成美が「奇々妙々」といったのはそこでしょう。

──どうもそれだけでは気がすまない。舐める音、その音が暗い川面にひろがる感じ。妙な、いやーな、生ぐさい感じ。それが忘れられないな。

雪とけて村一ぱいの子ども哉

雪がとけると、村は子供だらけになる。暗い家のなかからとび出して、まるでくもの子を散らしたように、地面にひろがる。わめいてるのもいる。


——文化十一年の早春。北信濃の雪解けどきの喜びだ。解放された気分だ。一茶には子供をうたった句は多いが、これなど北信濃の自然風土にとけこんでいるね。

——童心回帰というか、幼なごころを大いにしゃぶっている感じがあるのも、帰郷者の気持でしょうか。同じころに、

春風や小藪小祭小順礼

というのがあります。ささやかな春祭があり、ひっそりした巡礼が通る。小さな藪が春風に揺れている、といった幼なごころに触れてくる村の風景ですね。

——名詞を重ねる手法は、これからしばしばみかけるが、似たような村の風景が多いな。いくつか挙げてみよう。

蝶とぶや茶売素《さ》湯《ゆ》うり野酒売

春風や八文芝居団《だん》子《ご》茶屋

木がらしや軒の虫籠釣《つる》し柿

綿ちるや小藪小《こ》社《やしろ》小《こ》溝《みぞ》迄《まで》

御《お》揃《そろ》ひや孫《まご》星《ぼし》彦ぼしやゝしやゝご星

三日月に天窓《あたま》うつなよほととぎす

あまり嬉《うれ》しがって、三日月に頭をぶつけるなよ。おい、時鳥。

——文化十一年、五十二歳の四月、二十八歳の菊と結婚した。そのときの句。むろん初婚で、嬉しさを前書にも込めている。いわく「五十年一日の安き日もなく、ことし春漸《やうや》く妻を迎へ、我身《わがみ》につもる老《おい》を忘れて、凡夫《ぼんぷ》の浅ましさに、初花《はつはな》に胡蝶《こてふ》の戯《たはむ》るゝが如《ごと》く、幸《さち》あらんとねがふことのはづかしさ、あきらめがたきは業《ごふ》のふしぎ、おそろしくなん思ひ侍りぬ」と。業のふかさをおそろしく思う、というところ、感極まった感じだね。

——「五十聟天窓《むこあたま》をかくす扇かな」とありましたね。〈はずかし、うれし〉ですか。一茶は、いつも、「天窓」と書いて、「あたま」と読ませていますが、この場合は、時鳥と関係させて勘ぐるとおもしろくなります。

——勘ぐるとは？

——時鳥の鳴き声は「テッペンカケタカ、ホッチョンカケタカ」と聞こえるといわれていますね。長野県に隣接する私の田舎では、これを、テッペンハゲタカ、などと戯《ざ》れて言います。白頭翁一茶のおつむは、当然薄かったでしょうから、それを三日月にぶつけるなよ、ということになると、実感がでます。それに時鳥は疾走の鳥ですね。その点も、ぶっつけるなよ、という警告に合う。なんだか、頭の禿げた気のいい、半老の男を想像しますね。

――『七番日記』の記録では、菊との房事もなかなか盛んだ。強精剤付きだがね。もっとも翌年の十二月には夜尿をしている。生れてはじめての過《あやまち》だとことわっているよ。

犬どもが蛍まぶれに寝たりけり

犬たちが寝ている。蛍がいっぱいついていて、犬が動くと蛍火が波打つ。

——文化十一年の夏の句。まえにも、白露に我が家がまぎれ込み、糞汲《こえくみ》が蝶にまぶれている句があったが、同じ着眼で、もっと集注的だ。徹底して美しくうたいあげている。

——妖しい美しさですね。新婚の夏、北信濃にあり——ですか。

野ばくちや銭《ぜに》の中なるきり〴〵す

野《の》っ原《ぱら》で博打《ばくち》を打てば、銭のなかにもぎすがいる。ちょんぎーす、とないている。

――文化十一年の秋の句。さいころでやる丁半ばくちで、屋内でもやるが、竹藪の中とか、野原の草むらのなかでもやったらしい。けっこう興奮しているんだが、一茶からみれば野趣横溢ということになるんだろう。むろん、見ている句で、御本人はやっていない。

――たしかに横から見ている句ですね。一茶は事大主義で、易易《いい》として規則に順応するかとおもうと、こういうはずれたものにひどく興味をもつところがありますね。これなども、内心たのしくてしかたないんですね。

――博打の句はわりあい多いんだが、みな野ばくちだね。野趣と無法の組み合わせが気にいってるんだろう。こんなのどうだい。「野ばくちが打つちらかりて鳴く雲雀」、「散る花もつかみ込みけりばくち銭」。風俗をこなす力はさすがだよ。

名月や西ニ向《むか》へばぜん光寺

中秋の月。その明るい光のなかで、わたしは、どうしても西の方にひかれる。そこには、ひたと、善光寺さまがおわす。阿弥陀如来さまがおわす。

——文化十二年秋。一茶神妙のときの句。善光寺は、いうまでもなく、いまの長野市にある八宗兼学の名刹で、一茶はしばしば詣でている。地理的にも、柏原のほぼ南の方角にあたる。彼は耳をすますようにして月光のなかに佇んでいるのだ。

——「有明や窓からおがむ善光寺」が翌年にありますね。月がありながら夜が明けてくる、その得もいえぬ明るさの窓に身を寄せて、遠く善光寺をおがむのです。措辞としては、「おがむ」が未熟なんで、「西に向へば」にくらべて劣ります。

らふそくでたばこ吸《すひ》けり時鳥《ほととぎす》

ほととぎすの鳴く夜は暗い。ろうそくの火をたばこにうつして、一服。さあて、寝るか。

――文化十二年の作。小品だが、着眼が自由な点、一茶らしいので挙げておいた。時鳥も効果的だ。

近代の俳人・中村草田男《くさたお》に、

燭の灯を煙草火としつチエホフ忌

がありますが、着想がまったく同じですね。ただ、煙管《きせる》と巻煙草の違いがあるため、一茶の句だと、燭の火に煙管の頭を近づけて、ぷかぷかやる印象だが、草田男の場合だと、一息で火をつけると、すぐ離してしまう感じですね。それと、結びの時鳥は、情感をべったりくっつけてきますが、チエホフ忌のほうは知的に切り離しています。

老《おい》たりないつかうしろへさす団扇

ひょいと気付いたら、背中のほうに団扇をさして歩いていた。年寄りくさくなったもんだ。いやだねえ。

――文化十二年夏の句。一茶はよく老いを口にしてきたが、多分にポーズがあって、全部を信用するわけにはゆかなかった。しかし、このあたりから真実味が感じられるようになるんだね。「老懐」という前書の句も同じころあって、「日の長い長いとて泪《なみだ》かな」とある。五・五・五の十五音で、ぎこちないリズムだが、かえって実感があるんだ。これは自分でも気にいっていたらしく、このあと三度も直している。もっとも、一茶だから、まえの句にかまわず、類型作を作った、というべきかな。

――「老懐」では、この翌年に奇妙なのを作っています。「くやしくも熟柿仲間《じゅくしなかま》の座につきぬ」。熟柿仲間というのは「あさましや熟柿をしゃぶる体《てい》たらく」のことで、かたい柿が食べられなくて、熟柿をしゃぶっている年寄仲間ということですね。鼻が熟柿のように赤くなった老醜の仲間かと、はじめおもったのですが、そうではなさそうです。

――「年よれば犬も嗅《か》がぬぞ初袷《はつあはせ》」もあったな。掲記の句といい、これといい、どことなくしんみりさせるところがある。気負っているだけに、よけいにそう感じさせるんで、やはり、結婚の疲れも出てきて、老いを痛感しはじめたのかな。

膝《ひざ》がしら木《き》曽《そ》の夜《よ》寒《さむ》に古びけり

こう正座していても寒さがしみる。木曽の秋は冷えが早いが、おれのからだも衰えたもんだ。この膝小僧二つ、年季を経て、古色蒼然だわい。

——文化十二年晩秋の作。中七《なか》の「木曽の夜寒に」は、別に、「山の夜寒に」がある。しかしここは、どうしても「木曽の夜寒」だ。「山」では漠然としていて間が抜けるな。

——身の衰えを感ずる、という訳ですが、そうではなくて、もっと昂然としていませんか。夜寒のなかに突き出た自分の膝がしらを見て、長いこと頑張ったなあ、底光りしているぞ、といいたい心情です。木曽という古樸な語感と、そのほうが合いそうです。

——なるほどね。しかし、「炉を明《あ》けて見てもつまらぬ独り哉」などという句もこの頃にあって、並べて読むと、どうも衰弱感のほうに引かれてしまうんだよ。

痩《やせ》蛙《がへる》まけるな一茶是《これ》ニ有《あり》

お前の味方はこの一茶だぞ。さあ、負けるなよ痩蛙。

——文化十三年の作で、有名な句だが、内容は、軽い呼びかけ、いささか戯《ざ》れ気味の呼びかけととるべきものだ。この年には「時鳥なけなけ一茶是に有り」もある。「一茶是ニ有」は軍記物にでてくる名乗りの調子で、これがおもしろくて作っている節《ふし》もある。

——この句は真面目すぎる受けとられかたをしていますね。前書にもあるように「蛙たたかひ」を見にいって作ったもので、別の前書ではもっとくわしく「武蔵国竹の塚で蛙のたたかいがあるというので見にいった」と書いてあります。竹の塚は、奥州街道を千住から草加のほうへ少しばかり入ったところで、現在は東武線の駅があります。蛙のたたかいには二説あるんですが、一つは、蛙合戦ともいわれて、蛙がたくさん集って生殖行為を行うことなんですね。雌は一匹で、雄が大勢だから、どうしても雄どうしのたたかいになる。痩せたやつは分《ぶ》がわるい、というわけです。いま一つは、一匹の雌に数匹の雄を向かわせる遊びで、金銭を賭けることもあるそうです。どうも最初の説のほうが、この句にはふさわしいようにおもいます。高調子《たか》で、戯《ざ》れて呼びかけるには、蛙合戦のほうがいいですよ。

——そうだね。掛け声のようなものなんだ。従来は、痩蛙への思いやりを過度に受けとって、一茶の不遇な成長期を直接類推したり、その成長期に育った一茶の弱者憐憫の意識のあらわれをみたり、そうかとおもうと、痛められた人間の被害意識の逆示を読んだり、なかなかたいへんだった。しかし、それは読みすぎだね。すくなくも、この句に関しては——。

——小動物に呼びかけている感性のやさしい働きを受けとるべきで、その根底を探りすぎると句がつまらなくなりますね。それも、やさしさゆえに醸されている諧謔の味わいですね。

——そうだ。幼年期からの苦労と農民出身の血が、その醸しを早め、味を複雑にしているわけだ。

——なお、この句の出来た場所ですが、信州小布施町の岩松院(梅松寺)と見ることも可能ですね。文化十三年四月十八日から二十日までこの寺にいた旨『七番日記』にあります。寺にはこの句碑も立っています。『七番日記』には同じ前書で二回書きとめられてあるんですよ。

――竹の塚でも見た、梅松寺でも見た、と気軽に受けとってはまずいかな。

形《かた》代《しろ》に虱《しらみ》おぶせて流しけり

紙の人形《ひとがた》を川に流して厄を払う。ひとがたは身代りだから、その人と同じように虱ももらった。虱を負《お》ぶって、流れていった。

——文化十三年の作。「形代」は、みそぎ、祓《はらい》のときに用いた白紙の人形で、これで体を撫ぜて災を移し、川に流した。男と女で形が違うんだ。『歳時記』では、御祓《みそぎ》とともに夏の季語で、贖物《あがもの》とか、ひとがた、なでもの、ともいっている。いいことばだね。語感に哀しみがある。

——民俗のかなしさ、なつかしさですね。この形代、子供の、それも女の子の形代ととりたいです。そんな可憐さがある。虱の白い透明な粒が、人形にかじりついているんですね。それを見送る、ひ弱そうな少女——。

——想像力が逞しいな。しかし、そんな情景だろうね。一茶の感性が、こまかく震えているのがみえるようだ。

山畠《やまはた》やそばの白さもぞつとする

山国の暗い山はだに、そば畠が白くはりついている。ぞっとする白さではりついている。

――文化十四年の作は、「しなのぢやそばの白さもぞつとする」だったのを、文政七年、六十二歳のときに、この句に直している。その途中で、「そば咲くやその白さへぞつとする」と直したときもあるが、生硬だね。一般には「しなのぢや」の句が覚えられていて、『歳時記』にもこれが収録されていることが多いが、私は掲記の「山畠や」のほうがいいとおもう。「しなのぢや」では、いかにも信濃情緒的で、甘く、狭くなる。山国人《やまぐにびと》の情念が山霧のようにしみこんでこないんだ。

――『文政版句集』では、この山畠の句に前書があるようですね。

――「老の身は今から寒さも苦になりて」とある。山国の初秋の冷えがしみるのだろう。だから、〈ぞつとする白さ〉は、寒気《さむけ》のようなものかもしれない。そばの花の白いひろがりをみて、ぞっと寒気をおぼえたということだ。実感があるね。しかし、前書に拘泥しないで読むと――『文政句帖』では前書をつけていないんだよ――、その生理的寒気は、もっと、いわば存在情念的な寒気にまで深めて読めるね。近代の俳人・高浜虚子に「山国の蝶を荒しと思はずや」があって、山国というものの佶屈な風土を感じさせるに十分だが、一茶のこの句は、もっとねっとりした、粒子のこまかい、なんというか唾液のような風土感があるんだね。それをしも、山国人の存在情念といおう。

――存在情念でわかりますが、「白さもぞつとする」という感応には怨《うら》みがありますね。情念は情念でも、怨みのこもった情念。「白さに」ではなくて「白さも」が微妙ですよね。「白さに」では乾いてしまって、つまり直接法すぎて、怨みどころか情念の翳もでてきませんが、「白さも」で、こんどは、情念の翳ばかりか、それに怨みがこもります。

――なるほどね。なお説明を加えると、そばの花の咲くのは初秋で、この地方の霧のふかい頃で、「霧下そば」と呼ぶ、と郷土史家の清水哲さんに教えてもらった。花のあと鋭い三稜をもつ卵形の痩果をむすぶ。その色は、はじめは緑白色か紅色だが、乾くと黒褐色になる。そばというと、ふつうはこの実《みの》ったものを指すわけだが、この句のもっている白さは、実ではなくて花だね。霧のなかの白だ。それから、そばの花とそばは、ともに秋の季語だが、そば刈りとなると冬の季語になる。そばといっても夏そばと秋そばがあるが、『歳時記』では専ら秋そばが対象なんで、秋そばの収穫期は初冬なんだ。

闇夜《やみのよ》のはつ雪らしやボンの凹《くぼ》

ひやり、ぼんの凹にふれる雪。
初雪がきたのだ。
まっくら闇でなにもみえないが、
やみのおくは寒《さ》むーい山。

――文政元年の作。文化十五年が改元されて文政となった。一茶五十六歳。結婚の翌翌年に長男の千太郎が生れたが、一ヵ月足らずで死亡した。それから、おこりにかかったり、ひぜん(疥癬)になやまされたりして、体調も不如意だった。江戸から葛飾、下総方面にもしばらく滞在しているんだね。そして、この年、長女さとを得る。千太郎死後二年目だ。れいの「這《は》へ笑へ二つになるぞけさからは」は、翌正月、このさとをうたったものだ。しかし、さとも六月に死亡する。

――俳諧稼業で江戸のほうに出ることも多いわけですが、子供はできるは、女房との生活はあるは、地元の弟子や友人を訪ねて歩きまわるはで、北信濃の定住者らしい面貌も加わってきますね。土着の垢がつき、黒ずんでくる。その、土着の面《つら》を、この句に感じます。

——たしかに。こういう寒さ、こういう暗闇《くらやみ》は——つまり、しーんとしみいるような寒い闇は、山に囲まれた土地のものだね。山が冷えきった裸体のように周りを囲んでいるんだ。その寒い闇にさらされているぼんの凹、そこにひやりと雪片がさわったわけだね。嫌な雪がきたなあ、冬ごもりは辛いなあ、の気持が滲むね。

——ぼんの凹は、うなじの中央の凹んだところで、敏感なところですね。しかし、それよりも、この語感がいいや。一茶好みの、田舎調で諧謔のあることばですね。

祝ひ日や白い僧達《たち》白い蝶

お祝いの日だから、お坊さんもくる、蝶もくる。みんな白くて、春の魔。

——文政元年作。蝶がでてくるので、春の祝い日と知るが、どの日とまでは分らないし、その必要もない。雰囲気の設定でよいわけだ。白を効果的にし、僧達を面妖にし、蝶を可憐にして化《け》なるものにすればよい。春の乾いた魔性が、全体として、出ていればよいわけなのだ。

——この句をいくども読みかえしていると、一茶が癰《よう》だのひぜんだの、五十をすぎてから悪質の出きものに悩まされたことを思い出すんですね。一茶には病毒があって、それで子供が育たなかったという、後世の研究者の意見もあるくらいですが、江戸での長いひとり暮しをおもうと、十分ありうることとおもえますね。この句は、皮膚病を連想させませんか。

——うがちすぎだが、そういわれてみると、皮膚の不快で虚《うつ》けた状態の男を想像することはできる。いや、そのほうが句の印象があざやかになりそうだ。

八番日記

文政二〜四年（一八一九〜一八二一）——五十七〜五十九歳

雀の子そこのけ〳〵御馬が通る

そこをどきなよ　雀の子
ひんひんお馬が通るじゃあないか
うっかりしてると踏まれるぞ

——文政二年の作。「雀の子」は『歳時記』では晩春の季題で、巣立ちのとき、地におちて、子供や猫に捕えられたりする。嘴が黄色いときなので「黄雀《きすずめ》」ともいう。燕の子は、巣のなかで大きな口をあいて餌を待っているところを題材にされやすいが、雀のほうは、この巣立ちの時期がねらわれるんだね。一茶には別にも、有名な、「我と来て遊べや親のない雀」があるが、この「親のない雀」が「雀の子」ということになって、無季の句ではなくなるんだよ。ちょっと、くるしいところだ。

——こういう小動物への呼びかけ句は、詮索的に受けとるより、一茶独特のスタイルとして、感性のやさしさと諧謔として受けとったほうがよいですね。「やれ打つな蠅が手を摺《す》る足をする」にしてもそうですね。蠅の格好のおもしろさを捉えている、その捉えかたのやわらかさ、おかしさが、何よりも特色なんで、変に同情的に解すると馬鹿げたことになります。

——一方では、これは五年後だが、

慈悲すれば糞《はこ》をするなり雀の子

というのを作っているんでね。禽獣を畜生とみる見方も、十分以上にもっていたわけさ。小動物への愛憐と、この畜生観の双方を同時に掴んでおく必要があるんだな。

——この句の「そこのけ〳〵」は、雀の子のよちよち歩く格好の擬態語ととっておいてもいいですね。「そこ・のけ・そこ・のけ」と区切りをつけて読むときのリズム感——。

夕立や樹下《じゆか》石上《せきじやう》の小役人

夕立をさけて、樹の下、石の上におわすは、露宿の出家ならぬ、なんと小役人サマ。ちんまり、きちんと立っておられるが、なんとなく役不足。

——文政二年の作。四年ほど前に、「短夜や樹下石上の御僧達《ごそうたち》」という句があるから、これも類句ということになるが、「短夜や」は、いかにも「樹下石上」的で、まともすぎるんだね。単調さのもつさっぱりした味わいはあるが。樹下石上は、山野や路傍の、露宿できる場所の譬《たとえ》で、転じて、出家行脚の境涯を喩《たと》えてもいるわけだ。

——そうですね。柏原あたりでは、じっさいにも、しばしば見かける景だったんでしょうね。そして、夕立をさけて樹下に立っている役人や旅の人を見かけることもまた、しばしばだったのでしょう。だから、景をそのまま描くなら、「石上」は不要なわけですが、出家ならぬ俗人に、樹下とともに石上を用意するところが創作ですよね。したがって、「小役人」の「小」も、事実ありのままではなく、石上と照応させた諷刺、まあ、皮肉というやつですね。

――一茶に、武士や大名を諷刺した句は多いね。高貴の婦人とか僧侶には、諷刺というより、からかう気分の句が多いんだが、武士どもには、なかなか手きびしいのがあるね。すこし挙げてみよう。

鰒《ふぐ》汁や侍部《さむらひべ》屋《や》の高寝言《たかねごと》
御用《ごよう》の雪御《み》傘《かさ》と申せ御《み》さむらひ
馬迄《まで》も萌黄の蚊《か》屋《や》に寝たりけり
春雨や侍二人犬の供《とも》
武士町や四角四面に水を蒔《ま》く
そつと鳴け隣は武士ぞ時鳥
関守りの灸《きう》点《てん》はやる梅の花

作品の出来映えは、一番終りの句を除いては、よくないね。諷刺ばかりで、川柳（雑俳前句附）の影響が露骨だね。

――そうですね。いちばん終りの句は『孟子』尽心下篇のことばを前書においていますが、それは、昔は関所というものは「暴」を防ぐためにあったのに、このごろでは「暴」をなすためにある、というんですね。通行税などを取り立てて暴政をやっている。そのくせ、炙などすえて、天下太平をきめこんでいる、怪しからん、というわけです。表面はおとなしい関守り風景の句なんですが、前書で批評を利かせています。しかし、句としては、やはり掲記の小役人の句のほうがずっといいですね。小役人のもの哀しさまで出ています。

孑孑《ぼうふり》の天上《てんじやう》したり三ケの月

ぼうふらが浮びあがってきたなぁ
三日月さんのいる空までのぼるのかなぁ
そしてまた沈む
蚊になっちまうんかなぁ

——文政二年の作。ぼうふりは、ぼうふらというのが普通で、「棒ふり虫」ともいう。蚊の幼虫。一茶に、「けふの日も棒ふり虫よ明日もまた」があり、前書に「日々懈怠《けたい》ニシテ不レ惜シマ二寸陰ヲ一」とある。毎日ぶらぶらしている、ということで、今日も明日も棒にふってしまう、という意味の「棒ふり虫」だ。掲記の句の「天上したり」にも、〈のぼってきたなあ、沈むかなあ〉式のだるい気分がはたらいている。その懈怠感と三日月との微妙な触《ふ》れが、この句の魅力だ。

——ここに挙げたのは『おらが春』に載っている句で、同じ文政二年でも、『八番日記』のほうは、「孑孑が天上するぞ三ケの月」ですね。しかし、こう俗談風に決めつけられては、ぼうふらに筋金が入ってしまってぼうふり虫らしくなくなりますね。

——懈怠感を失うわけだ。それと三日月との触れ合いといったが、一茶は三日月と相性《あいしょう》がいいようだよ。三日月にたいしては、じつは繊《せん》にして鋭《えい》なる感触を示す。まえに挙げた、結婚のときの句、「三日月に天窓《あたま》うつなよほととぎす」もそうだが、

冷《ひや》水《みづ》や口のはたなる三日の月

つくばねの下る際《きは》なり三ケの月

蘭《らん》の香や異《い》国《こく》のやうに三ケの月

といったぐあいだ。三日月に触れると、なんとない気品と寂寥感が生まれ、それが掲記の句の場合は、懈怠感をふかめるわけだね。だからぼうふらが貴公子の感を呈したりする。物憂き貴公子ぼうふら君——。

——「天上したり」は、単に天にのぼる、ということですね。仏教で天上といえば天上界、三界の諸天だから、そこへいってしまう、という気持も、この句にはありますね。しかし、それはあくまでも含みです。

せみなくやつくぐ赤い風車

せみの鳴く真昼の光。
赤い風車一つ、主《ぬし》もなくそこにあり。
赤きわまりて。

——文政二年の作だが、この年の六月に長女さとを死なせている。それを背景において読みたい。それを背景にしなくても、「蟬が誘いこむ、時間のなくなった世界。その中で感じとられた一つの風車の赤さ」（加藤楸邨『一茶秀句』）といった美しい享受も可能だが、それでも、たとえば楸邨が「一つの風車」というところにでも、さとの死後を読みたい気持だ。それというのも、この年書かれた『おらが春』に、「さと女卅五日墓」と前書した、次の句がある。

秋風やむしりたがりし赤い花

この「赤」が、風車の「赤」とぴったり重なるためだ。むろん、丸一年ほどで死んだ幼女の可憐さの赤とも重なる。むしりたがった赤い花も、赤い風車も、幼女の残影として映るんだね。

――赤のよろしさですね。一茶の赤は可憐で澄明です。「頬っぺたにあてなどした り赤い柿」が、やはりさとを偲ぶ句としてありますが、この赤も澄明ですね。一茶の生地がこういうところに出るんですね。

――生地といえば、露の句にもそれがある。やはり失った幼児にこころ通う句として、次のような好句がある。

露 の 玉 つ ま ん で 見 た る わ ら べ 哉

雪ちるやおどけも言へぬ信濃空《しなのぞら》

おどけ話一つしても、すぐひねくって受けとられて、いやな噂のたねになる。あーあ、この雪空みたいに、故郷は暗いよ。

――文政二年の作で、どうも、長男、長女と二人死なせてから、気が滅入るばかりでなく、周囲のひそひそ話しも大分気になりだしたようだね。さっきも言ったような、悪性の皮膚病からくる臆測も行われていたんではないかな。ひぜんで悩まされたときも、長沼の医師・佐藤魚淵あての手紙で、「吉田町廿四文でもなめたかと思はれんと推察候得ば、云云」と書いているくらいだからね。「吉田町廿四文」は下級売春窟らしい。そこにいったらしい句を、この「雪ちるや」の句と同じ年に作っているんだよ。「木がらしや廿四文の遊女小屋」。よほど一茶が気にしていたことではないのかな。ひぜんで思いだし、さとの死後気にする、という次第だからね。そんなことを背景において、この句を読むと、「おどけも言へぬ」が、なんとなく深刻になるんだね。

――なるほどね、やはり同年に、「古郷《ふるさと》は蠅すら人をさしにけり」がありますが、これなども、かなり過度な、ある意味では自分勝手な被害意識ということになりますね。その点、これも有名な、「古郷やよるもさはるも茨《ばら》の花」とは、同じようにみえても、ニューアンスが大分違うんですね。このほうは四十八歳のときで、帰住前の、しきりに江戸・柏原間を往復していたときのものです。

——そのときは「茨」、こんどは「蝿」、その違いということだ。陰湿な感じなんだよ。そう自分で作りあげているところがあるわけさ。やはり、この年、

能なしはつみもまたなし冬籠

があるが、これなど随分弁明的だろう。おれみたいな能なしが、なんで「つみ」などおかせますか、というういいかたのなかに、女遊びなんかできるもんですか、という弁解が入っているとおもうんだな。

——そうでしょうね。そういえば、これは後年ですが、「人誹《そし》る会《かい》が立つなり冬籠」があり、「隙人《ひまじん》や蚊が出た出たと触《ふ》れ歩く」という当てこすりの句があります。一茶先生、大分気にしていましたね。

——それも、しがない「信濃者」の、あまりにも長かった〈青春〉の酬いといえるものなんだな。おどけたり、なやんだりしている姿が、あわれだよ。

孤《みなしご》の我は光らぬ蛍かな

三歳で母をなくしたおれは、光らない蛍なんだ。じっと草にかじりついて、生きてるだけだ。

――文政三年、五十八歳のときの句だが、前書がある。

「桐壺源氏三つのとし、我も三つのとし母に捨てられたれど」

つまり、『源氏物語』の「桐壺」の巻に、光源氏が母の桐壺更衣に三歳で死別したことが書かれている。自分も三歳で母をなくしたということで、「光らぬ蛍」という発想には、「光源氏」のイメージがあるわけなんだな。

――ままっ子一茶、みなしご一茶は、彼の文に句に、じつにしばしば現われますが、この句は、そのなかでの秀逸です。「光らぬ蛍」ということによって、蛍の存在がじつに鮮やかになっています。光らないけれど、光の敷物の上にいる印象で、逆示法の妙効というものかもしれません。孤独な個体としての、切ないほど明確な存在感――。

我《わが》味《あぢ》の柘《ざ》榴《くろ》に這《は》はす虱《しらみ》かな

この虱め、ひねりつぶすのもかあいそうだから柘榴のうえにのせておいてやろう。柘榴は人肉の味にそっくりだそうだ。おれとおもって、しゃぶればよい。

——文政三年の作で、長い前書がついている。要するに、虱をひねりつぶすのも、草むらに捨てるのもかあいそうになっていたところ、その昔、鬼子母神に釈尊が戒め、教えた故事を思いだした、ということ。つまり、鬼子母神が人の子供を捕えて食うのはよくない。そのかわりに柘榴の味が人肉の味によく似ているから、それで我慢しなさい、と釈尊が教えた、というものだ。いいしれっとした句だが、なんとなく無気味なものだね。

——一茶は故事を喩《たとえ》に使う術を心得ていましたが、民間伝承——わけても、民話、民謡、言い伝えに興味があったようですね。そういうところから喩を持ってきたときは、なかなか旨く作っています。それにくらべて、古典詩文の場合はあまり成功していません。換骨奪胎は芭蕉や蕪村の敵ではなかったわけですが、もともと、これは文化文政期以後の俳諧師一般に通ずることで、そういうことにあまり興味を示さなかったようですね。換骨奪胎といった、古典文との対話、観入ではなくて、喩の素材として強引に引っぱってくるやりかただったようにおもいます。古典や先業への愛敬、傾倒の程度も疑わしいくらいです。なによりも、今の自分に執して、うらみつらみを並べたて、笑ったり泣いたりしていた、ということでしょうか。

——それも、この句あたりになると、かなり肚がすわってきた印象だね。柘榴に虱をはわせるなんて、発想がぎょろぎょろしている。世俗の題材、話柄をどしどしこなすことが俳諧というものの真諦に触れる技だが、それを「葛飾派」の「俗談調」でこなして、しかも、淡くとも、とにかく格調を具えているんだね。

——柘榴はむろん実のことですが、熟れて、割れたものは、歯をむきだした人間の顔に似ています。しかも人肉の味ありとは無気味です。それに虱をはわせておくんだから、なかなかの性根《しょうね》ですね。これは参考ですが、割れないやつも、変な感じのものですね。近代の俳人・山口誓子に「身辺に割《さ》けざる柘榴置きて愛《め》づ」がありますが、生首のような感じです。

づぶ濡《ぬれ》の大名《だいみやう》を見る巨燵《こたつ》哉

雨のなかを、ずぶ濡れの大名行列が通る。こっちは炬燵で拝見。そう申すのもおそれ多いが、ずぶ濡れの大名行列というものも、またいいもんで。

――文政三年、五十八歳の作。帰郷してから、武士や大名をうたった句が多くなるが、諷刺風のもののなかで、しだいに軽蔑感がふくらんでゆく印象だね。大名についての例句を挙げてみよう。

涼まんと出づれば下《した》に下《した》に哉　(五十五歳)
ゆうゆうと大《だい》名《みやう》縞《じま》の芒かな　(五十七歳)
梅咲くや上《かみ》下《しも》衆《しゆう》の頬かぶり　(　同　)
花《はな》陰《かげ》も笠ぬげ下《した》に下《した》に哉　(六十歳)
下《した》に居よ下に居よ御《ご》用《よう》の氷かな　(　同　)

大名を馬からおろす桜哉　（六十二歳）
上下《かみしも》の酔倒あり花の陰《かげ》　（　同　）

――ほかにも、加賀の殿様の行列をときどき句にしていますが、これは風景描写でした。さすがに、直接に加賀守《かがのかみ》を諷刺することは、はばかられたわけですかね。こんな句があります。

加賀殿の御《お》先《さき》をついと雉《きぎす》哉　（五十六歳）
梅《うめ》鉢《ばち》の大《おほ》挑《でう》灯《ちん》やかすみから　（　同　）
迹《あと》供《ども》は霞引きけり加賀守　（五十七歳）

――柏原は越後から信濃にはいる物資の中継点で、小なりとはいえその一帯の中心地だから、文政四年、一茶五十九歳当時でみても、旅籠《はたご》十軒、酒造屋二、穀屋二、小間物屋二、茶屋四、農鍛冶一のあるなかなかの宿場町だったんだ。馬市もあり、鎮守さまの諏訪大明神の境内で、江戸歌舞伎や草角力も催された。一茶には角力の句が多いんだよ。本陣中村家には、むろん旅の文人墨客が泊ったろうし、加賀飛脚、高田飛脚などの定飛脚《じょう》が、この北国街道を走りぬけて、江戸との間を往復していた。そうそう、柏原は享保二年(一七一七)以来の幕府領で、中野代官所の支配下にあったんだ(小林計一郎『小林一茶』による)。そんなわけだから、炬燵にはいったまま、街道をすぎてゆく大名行列を見ることも可能だったとおもうな。それに、この年の秋は、中風にかかって半身不随になって、やはりこの年に生れた次男の石太郎と枕を並べて寝ていたんだよ。得意の大根汁療法でよくなったんだが、多分、家のなかでごろごろしていたんではないのかな。

——「俳諧寺記」というすぐれた冬の生活記録を書いたのも、この年の暮でしたね。家に籠って、頭は大丈夫だったから、柏原の生活をじっくり見直していたんですかな。そんな、じっくりしたものがこの句にはあって、諷刺ものにしては、意外といっていいほど暗く重いですね。

蘭《らん》の香《か》や異《い》国《こく》のやうに三ケの月

蘭の香りのなかで、三日月は細い顔をあげる。蘭の香りがあるので、三日月は繊《ほそ》くかがやき、まわりの夜空は青い。まるで異国のようだ。

――文政四年の作。「蘭の香」は秋の季語で、「蘭」も「蘭の花」も同様。蘭には春咲き、夏咲き、秋咲きと種類が多いが、『歳時記』では秋の季にふさわしいものとしている。一茶に、この年、「蘭の香に上国《じやうこく》めきし月夜哉」がある。これだと春の季感もあるが、やはり秋のほうが品があって、「上国」らしいし、一茶の年齢にもふさわしいようにおもえる。「上国」はむろん、「下《げ》く《げ》も下《げ》く《げ》下《げ》く《げ》の下《げ》国の涼しさよ」の逆さ。

――「上国めきし」と「異国のやうに」は関連しているように思えます。ただ、「異国のやうに三ケの月」のほうが、ずっと肌理《きめ》細かで、匂いがありますね。それはそうと、一茶にとって「異国」とは何んだったのでしょうね。ここと違う国、下国でない上等の国という意味の異国だったのか、外国まで想を拡げて異国といっていたのか――。

――その辺、決定的なことはいえないし、またいわないほうが――そのなんとないところのほうが――句の味わいはふかいとおもうが、私は、外国が一茶には想像されていたとおもうな。句にそんな異国感覚が感じられるんだな。外国への憧れといったものではなく、漠たる想像、いわばまことに感覚的なものだがね。

――そうですね。一茶の時期は、外国船の来航が頻度を加えていたときで、北辺にロシア、南や西に英、米船の来航が増えていました。「蝦夷《えぞ》の三蔵」とか「文化の三蔵」といわれた平山行蔵、近藤重蔵、間宮林蔵の三人が蝦夷地で活躍したのはこの頃です。近藤重蔵は千島を探検し、間宮林蔵は文化五年(一茶四十六歳)に樺太(サハリン)探検に出発しています。みな、ロシア人が乱暴したという報に刺戟されたものですが、林蔵は二回目に海峡を渡って、大陸にまで足を踏み入れていますね。林蔵の幕府あての報告書をみると、「異国の地方」といった言葉が出てきます。一茶が、外国を異国ということばで表現したことは、普通のこととみてよいとおもいます。異国船打払令が出たときが、文政八年、一茶六十三歳。

――シーボルトが来て、日本の蘭学が第二期を迎えるわけだが、それが文化文政から天保にかけてだね。医学だけでなく、哲学や政経、物理、軍事にまで拡がる。一茶のこの句の「蘭の香」は、十分に蘭学の蘭、そして、その文化をもつ「異国」、ということになりそうだね。

――オランダが念頭にあったということですか。「上国」もオランダかもしれない。

――一茶自身、三十一歳の長崎での句に「君が世やから人も来て年ごもり」があり、文化三年（四十四歳）には「ヲロシヤ漂流人磯吉」の話をわざわざ聞きにいっている。品川岡本屋に琉球人がいるというので見にもゆく。五十七歳の句に「唐人《たうじん》も見よや田植の笛太鼓」あり――というぐあいだ。むろん、一茶の場合は好奇心が主で、それ以上に考えることはあまりないわけだが、それだけに、無責任で、好き勝手なイメージを描いていたんだろうね。それがあんがい具体的で、いきいきしていたりしてね。

――そうでしょうね。この句、構図としてはいまからみれば新味もないわけですが、蘭の香と三日月の映り合いが、じつに洗練されていて、しかも山国のにおいをとどめていますね。やはり、信濃人《びと》の秋の異国感という感じです。隣りの国から、さらに海を越えてオランダにまでおよぶ「異国」感――。

秋風にふいとむせたる峠かな

峠をゆけば秋かぜが吹く。
おもわずむせてしまったが、麦こがしのような味だったぜ。

――文政四年の作。「ふいとむせたる」、この日常的な言いかた(口語調)が一茶得意の巻のところだし、また、うまくいっている。

――「麨《はったい》にあれむせ給ふ使僧かな」が同時期にありますね。麨は麦こがしともいう。ふるさとの味ですか。

山の町とつと丶露の流れけり

山国の朝の町はいっぱいの露。音たてて流れるほど。

――文政四年の作。奥信濃の町だろう。山の斜面に傾斜している町なんだ。
――まえにも話が出たように、一茶の露の句には、玲瓏たる佳品が多いですね。六十歳の句で、

うら窓に露の玉ちるひゞき哉

があります。まったく玉のようなひびきの句です。近代の俳人・川端茅舎に「金剛の露ひと粒や石の上」がありますが、天真の資質を感じます。茅舎の「百合の蕊《しべ》皆りんりんとふるひけり」、「かはせみの影こんこんとさかのぼり」を見ても、擬声、擬態の語法まで、ずいぶん似ていますね。

文政句帖

文政五〜八年（一八二二〜一八二五）——六十〜六十三歳

旅人や野ニさして行《ゆく》流れ苗《なへ》

流れた苗を拾って、田に挿《さ》してゆく。その人の影が水田に映りながら遠ざかった。旅人である。流れ苗にもこころが寄るのだろう。

文政五年、一茶六十歳の作。『文政句帖』は、句日記としては最後のもので、「荒凡《あらぼん》夫《ぶ》のおのれごとき、五十九年が間、闇《くら》きよりくらきに迷ひて、云云」と冒頭に書きつけてはいるが、それなりの成熟もある。『享和句帖』(四十一歳)を中心に展開した一茶の感性的資質が、『七番日記』、『八番日記』あたりで揉みに揉まれて、やっとここにきて、なんとない熟成をあらわすのだが、熟成即ち衰弱ともなる。この句帖の後段はかなりの老衰を感じさせる。しかし、「荒凡夫」の生と表現は、そういうものであって、円熟などというものとは縁遠いところに魅力があるのだ。

ところで、この句だが、同時期、「夏山やどこを目当《めあて》に呼子鳥《よぶこどり》」という句が別にあって、前書がある。それによると、隣国越後に選明《せんめい》という人がいて、自分を訪ねるといって出掛けたのだが、行衛《ゆくえ》がわからなくなってしまった。そのため、その子が探しに出て、自分のところに尋ねてきたというもの。夏山の重なりを分け、越えて、父を探す子、また、その重畳の山なみのどこをうろついているのかわからない、その父の流浪——それが一茶のなかに、ずっと残ったのではないだろうか。北国街道をゆく旅人は多い。一茶は、あの人が、その父ではないか、と普段以上に気を使っていたのだろう。

「流れ苗」は一茶らしいことばで、自分の来し方への漂泊のおもいのなかから生れたことばにちがいない。それがさらに、目前の旅人の姿とも重なり、ますます鮮やかな具象ともなる。青青《あおあお》と流れてゆく早苗《さなえ》を、つと拾い、無造作に挿してゆく旅人もまた、青い田面《たのも》のなかのものだ。早苗はとどめ、自分はながれてゆく。

早苗は、苗代《なわしろ》から田へ移し植えるころの稲の苗で、初夏の季題。田植えのとき、早《さ》苗乙女《おとめ》の手ににぎられているあれだ。「流れ苗」は、そのとき流れたものだろう。早苗に準じて、初夏の季題ということになる。

六十年踊る夜もなく過《すご》しけり

盆踊の笛、太鼓、手拍子の音まできこえてくる。おもえば六十年の今まで、踊ることもなく過ごしてしまった。人のにぎわいとは遠い気持の毎日だった。

文政五年の句だが、八年には、「踊る日もなく過しけり六十年」と、これを改作したものがある。改悪だが説明には役に立つ。しかし、これでも、踊る日もなかった、という感懐の真底はわかりきらない。あわただしさを素直にいっているのか、拗《す》ねた白眼の心意なのか、それとは別のことなのか。

この句帖の冒頭の文については前掲作で触れたが、それを受けるかたちで、翌春（文政六年正月）、「春立つや愚の上に又愚にかへる」を作っている。いま一度、冒頭の文の終りの部分を引く。「げに〳〵諺《ことわざ》にいふ通り、愚《ぐ》につける薬もあらざれば、なほ行末も愚《ぐ》にして、愚のかはらぬ世を経《へ》ることをねがふのみ」――つまり、暗きに迷い、なんとか脱出をとおもって本を読んだが、盲人が読むようなもの、踊ろうとしても、足の悪い者が踊るようなもので、どうにもしようがない。ますます迷うばかりだ、さてさて、そんな愚かなやつにつける薬もないから――とつづくわけである。
「蹇《あしなへ》の踊らんとするに等《ひと》しく、ます〳〵迷ひにまよひを重ねぬ」――そんな意味の「踊る夜もなく過しけり」だったということかもしれない。人並のこともできず、ただ迷って、ということだったか。また、別の句もある。

長《なが》の日や沈《ちん》香《かう》も焚かず屁《へ》もひらず

一茶得意の俗諺活用だが、これは自嘲であるとともに、周囲の連中への揶揄でもあろう。これになると、まさに、「のらくらや勿体なくも日の長き」になってくる。無為なのだ。
踊りの句では、しかし、好句もある。

踊から直《すぐ》に朝草かりにけり

郷土の、とくに若者のことであろう。夜を徹して踊り、その場から朝草刈りにゆく、という景は、新鮮な共感を含んでいるが、そういう若若しい青春が自分にはなかった、という気持を、この句から類推して、掲記の句に読むことも、できないわけではない。

稲《いな》妻《づま》や畠の中の風呂の人

稲光のたびにぱっと浮かびあがるのが、なんと風呂の男。畠に風呂桶を出して野天風呂としゃれこんでいる。もう秋だなあ。

文政五年の作で、一茶の郷土もの。風景(とくに人物)を見る眼に独特の諧謔があるから、一茶の演出した郷土風景といったほうがよい。この人、諧謔含みの情景を演出する力は、他に類をみないくらいだ。

稲妻は秋の季語で、山並みの空を走り、遠く街空をわたるものは、哀愁を呼ぶ。この句は、その秋くる(むしろ夏去る)哀愁を逆手《さかて》にとったものだが、ズバリそのもので活用した句もある。

稲妻やかくれかねたる人の皺

いささか物語仕立てが気になるが、かくれもなき顔の皺に、その人の老いをしり、秋のおとずれを感ずるのだ。むろん、その人の老いは、自分の老いの意識に撥ねかえっている。

恋《こひ》猫や互《たがひ》に天窓《あたま》はりながら

ぎゃあぎゃあわめきたてていたやつが、こんどは相手のあたまに前足をのばして、ちょっかいをかけている。あたまの張りっくらでもしているんだろう。いいきなもんだ。

文政五年の作。一茶には猫の句が多く、ことに、帰郷定住後に多い。猫は、一茶お好みの対象だったようだ。そして、はじめは、「嗅いで見てよしにするなり猫の恋」（五十三歳）のようにぶっきらぼうだったものが、しだいに、こまやかになる。気持のこめかたがやさしく、したがって観察にも身が入ってきて、なるほど、と感心させられるような描写が出てくる。この句でも「天窓《あたま》はりながら」が、（この、あたまを張るという言いかたが）じつに旨い。猫のちょっかい、という言いかたよりも、ずっと諧謔《ユーモラス》的で、読後いつまでも、腹のどこかが笑っているような感じだ。

御本人もこの言いかたが気にいっていたのだろう。ほかにも三句作っている。いわく、「うかれ猫天窓はりくらしたりけり」、「猫どもや天窓張りくらしても恋」、「恋猫や猫のあたまをはりこくる」――二句目は理屈っぽく、第三句がよくできている。「猫の恋」は、その状態の猫を「恋猫」「うかれ猫」「春の猫」などといい、雌のほうは「猫の妻」とか「孕猫」といわれる。猫の交尾期は年四回だが、春がいちばん盛んなので、『歳時記』では春の季語になっている。とにかく、このときの猫の狂態は、うるさいこともうるさいが、むしろ滑稽の極みで、そのあたりが一茶の気に入っていたのだろう。

死《しに》下《べ》手《た》とそしらば誹《そし》れ夕《ゆふ》巨《ご》燵《たつ》

「死に下手」とは何んだ。おれのことを早く死ねばいいとおもっているんだな。そうはゆかないぞ。（日暮れどきの炬燵に、ひとりいる老一茶）

文政五年作。山国の日暮れどきの炬燵はわびしい。そこに、じっといて、あれこれと神経質な意識反芻をおこない、来し方行く末を思いめぐらしているのだ。「やがて焼く身とは思へど更衣《ころもがへ》」とか、「極楽に行かぬ果報やことし酒」という句があったし、「人誹る会《かい》が立つなり冬籠」という句もある。余命こころ細いが、さりとて死にたくはない。しかし、死ぬときの覚悟も固めねばなるまい。いやだなあ、わびしいなあ、という気持だろう。

そこへもってきて、一茶のことを「死に下手」で、だらだら生きて恥を曝している、と陰口《かげぐち》をたたくやつがいるのだ。なにもすることがない冬籠のときなど、集っては人の悪口ばかり作りあげている。一茶は前の年、またまた二男石太郎を失い、この年には三男金三郎を得た。六十歳の子である。世間の噂の種にはもってこいの材料だ。それに、一茶の身体の病毒の心配がある。自分自身が不安におもっていることだけに、その噂はこたえる。

あれやこれや、むかむかしてくる。そんなときにできた句だろう。したがって、格別、居直《いなお》りなどという格好のいいものではない。言いたければ言え、というていどの投げやりなものなのだ。だから、神経がすこしおさまると、炬燵の縁《へり》を指先で叩きながら、ひとり、歌じみたものを唄いもする。

何《なに》諷《うた》ふ巨燵の縁をたたきつつ

青い田の露を肴《さかな》やひとり酒

ひとりで飲む酒もいいもんだ。青田は露できらきらしている。そいつを肴にちびりちびり。

文政六年、六十一歳の夏の作。「青い田」は、青田。『歳時記』では、植田が青一色になった様子を青田と言っている。土用の日ざしの強いころだ。

青田といえば、すぐ思いだすのが、『父の終焉日記』(一茶三十九歳)の終りの句だ。「父ありて明けぼの見たし青田原」――このときも一茶は、夜明けどきの青田のひろがりを、ひとりで見ていた。あれから二十年以上経ったいま、老一茶は、やはり青田を眺めながら、ひとり坐っている。ただ違うのは、前に徳利と茶碗があること、そして、「明けぼの見たし」と直情の表白をしなくなって、露に眼をとめ、それを「肴」にするだけの余裕をもつようになっていることだ。

一茶が酒を飲むようになったのは、帰郷定着後らしい。この句の前年、横倉(湯田中の北約三キロ)の中島雲里の家に二十日間ほど滞在していたとき、旧友が酒を一升ぶらさげてきたので、門前の田のくろの蕗の薹を肴に酒盛りをやったことが書きとめられてある（『まん六の春』所収）。一茶得意の誇張癖が、こんなときは大いに発揮されて、酒はいつのまにか「三升」になり、それを「呑みほして、大蛇のごとくのた打ちまわ」ることになった。六十歳で、大蛇がのた打ちまわるほど酔ったら、さっそく故障をおこすか、頓死するだろう。

ともかく、しだいに酒量も増えて、朝酒くらい、たまにはやるようになっていたのだろう。「極楽に行かぬ果報やことし酒」——。

酒といえば、河豚《ふぐ》を食ったのも、どうやら帰郷後らしい。句あり。「五十にして鰒《ふくと》の味を知る夜かな」（『嘉永版句集』所収）。前書あり。「天命を知り給ふ、かしこき人の事也」と。ずいぶん興じた文意で、これでゆくと、果して五十代まで食わなかったのかどうかも疑わしくなるが、食わなかったとしても、その理由は、河豚中毒をおそれてのことだ。貧しくて、とか、そういう気のきいた付き合いもなくて、というのではなく、毒に当るのが心配だったのだ。用心深く、なかなか合理的な世才をもっていた一茶らしい事情といえる。あんがい、酒を飲まなかったのも、身の用心のためだったかもしれない。

その点、「鰒《ふぐ》好きと窓むきあふて借家哉」（四十一歳）をあまり深刻に解しては、かえって一茶に笑われかねない。それより、「今の世や女もすする鰒汁《ふくとじる》」とか、「鰒汁《ふぐじる》や侍部屋の高寝言《たかねごと》」、「誰やらが面《つら》にも似たる鰒《ふくと》哉」あたりが、一茶と鰒の普通の関わり方とみたい。すこしましなところで、

衆生ありさて鰒《ふくと》あり月は出給ふ

というところだろう。

馬の屁ニ吹《ふき》とばされし蛍哉

馬が一ぱつやったもんで、蛍がふっとんだ。あないたわしや、とおもいきや、ちょいと乗ったる、草の上。

文政六年作。十二年ほど以前に、

赤馬の鼻で吹きけり雀の子

という好もしい作品があるが、それにくらべると、図図しくなったものだ。諧謔を心情の池に漬《ひた》すことに努めていたのが「赤馬」の句だったが、掲記の「馬の屁」になると、諧謔をもっぱら題材の珍奇と結びつける方向に傾いていて、いささかゲテものがかってくる。おもしろいが、好句とはいえない。

それにしても、屁とか糞（はこ）とか小便とか、一茶に下《しも》じもの句は多い。それも、「屁ひり虫人になすつた面つきぞ」のような諷刺的なものより、郷土の人情風俗のなかで、おもしろおかしく描写されているもののほうがよい。たとえば、「屁くらべ」

という日常の戯《ざ》れごとがある。「屁くらべや夕皃棚《ゆふがほだな》の下涼み」、「屁くらべが又始るぞ冬籠」。麦を主に雑穀を多食する山国びとは、盛んに放屁する。「垣外へ屁を捨てに出る夜寒哉」。したがってまた、昆虫も、いや「御仏」までも放屁するものと決める。「御仏の鼻の先にて屁ひり虫」、「虫の屁を指さして笑ひ仏《ほとけ》哉」——。

糞尿などの句の数多いなかの、まああの作。「むさし野や野屎《のはこ》の伽《とぎ》に鳴く雲雀」——「野ぐそ」といわれるもので、それも一人ではないのである。春うららの風景だが、昔なつかしといいたいところ。「雪隠《せっちん》と背中合せや冬ごもり」。また、「小便も玉と成りけり芋畠」、「小便の穴だらけなり残り雪」。

すこし上ってくると、「春風に尻を吹かるる屋根屋哉」、さては、

ふんどしに笛つつさして星《ほし》迎《むかへ》

こうした題材への嗜好は、山国生れの一茶にとっては、むしろ本来的なことなのだが、彼の俳諧への姿勢が固まるにつれて、しだいに意識的に、その嗜好を膨脹させるようになったことも事実である。芭蕉や蕪村の俳諧への抵抗が潜在していたかもしれない。芭蕉の正格に対する奇の意識が、蕪村の文人的雅語に対する日常的俗語の意識が、働いていたかもしれない。

掲記の句に類句があることも、一茶らしい。「馬の屁の真風下や節季候《せつきぞろ》」——節季候は十二月の節季に、家を一軒一軒まわって、米や銭を貰ってあるく者のことだが、馬の屁の風下に、もろにいたというわけである。人間しかり。蛍がふきとばされるのも無理はない。忘れていたが、この蛍は昼の蛍とみたい。夜の光っている蛍では、あまりに出来すぎていて、かえって平凡になる。

僧ニなる子のうつくしやけしの花

その子の結んだ口、細い眼、小さいからだ。僧になるという、その少年のひきしまった美しさは、芥子の花のように可憐で、艶。

文政七年、六十二歳の作。大人《おとな》の眼で少年を捉えている。

一つには、「僧」というものへの一茶の内面的関わりかたに、清潔感が感じられる。一茶が交わりのあった僧たちが良かったせいもあるし、一族全部が浄土真宗の門徒という環境もあるが、やはり、なんといっても、少年期の終りから一人江戸に出されていた男の、〈縋《すが》れるもの〉への願いが——「本《もと》より天地大戯場」として、この世を知れば知るほどに——、僧への肯定的関心を育てていったものに違いない。一茶には、大名や武士や諸悪党を揶揄する句は多いが、僧を揶揄したものは、まことに少い。女犯《にょぼん》の僧をうたっても、どこかに愁嘆があること、先に、「雪汁《ゆきじる》のかゝる地びたに和尚顔」で触れたとおりだ。その関心が少年と結びつくとき、清潔感を帯びたとしても不思議はない。

そのうえ、少年への肉感が感じられる。少年愛というほどのものではないが、しかし、それに近い感応が、老年一茶の衰えゆく肉体のなかに働いていたとしても、これまた不思議はあるまい。しかも少年一般ではない。僧になる少年なのだ。その引きしまりがある。それが、清潔感を艶にし、可憐にする。

それにしても、芥子の花に着眼したところ、まことに見事なのだ。花がおちて、青い芥子坊主になったときのことまで想像していたのかもしれない。

けし提《さげ》て喧嘩の中を通りけり

芥子と喧嘩は信濃のはな、でもないが、まことに殺風景な喧嘩のなかをまかり通る、芥子の花のあだなうつくしさよ。

文政八年、六十三歳の作。同時期、別に「けし提て群集の中を通りけり」を作っているが、「群集」というような意味ありげなことばは、一茶の好みではない。「喧嘩」という、カ行の硬質なひびきと、なによりも、このぶっきらぼうな庶民的語感を好んだに違いない。カ行音といったが、「けし」もカ行、これと「喧嘩」のひびき合いがよいのだ。畳語や繰りかえしの好きな一茶の音感は、こんなところにもあらわれる。

周知のとおり、蕪村に「葱買《ねぎかふ》て枯木の中を帰りけり」がある。葱の青と枯木色の対照を讃める人が多いが、私は葱のスーッとした視覚と触覚が、枯木のなかをゆく感じ——その洗錬された心理的感覚を読むべきだとおもう。一茶にも、この句が頭にあったのではなかろうか。そして意識して、芥子と喧嘩をぶつけることによって、洗錬された心理風景に対して、荒い生臭い心理を演出したのではないだろうか。ともかく、二人の作風の相違が見えておもしろい句だ。

そして、一茶の気分の若さをかいたい。この前年、第二番目の奥さんを離縁し(第一番目の菊は前前年死亡)、この翌年、第三番目の奥さん・やを(三十二歳)と結婚する。結婚を暮しの方便とばかりはいえまい。なお彼の若さがあったのだ。

一村の鼾《いびき》盛りや行《ぎやうぎやう》〳〵し

ぐうぐうすうすう昼寝の村。葭切どんはギョギョシ〳〵、ギョッ〳〵。いざや信濃の真昼間《まっぴるま》。

文政八年作。行々子は葭切《よしきり》のことで、その鳴き声からでた呼び名。葦雀ともいう。夏の頃、沼や川原の葦の繁茂しているところで、やかましく鳴きたてるものだ。その鳴き声といびきの交響を聞きとらないとおもしろくない。葭切は一方的に鳴きまくるが、いびきのほうは波状攻撃で、ときに高まり、ときに低くなる。全村昼寝の真最中だから、その振幅はかなりの大としたい。

この句の三年前に「行々子大河はしんと流れけり」とあるが、このほうが常識的である。葭切の鳴き声と大河の静まりとの対照なら、一茶ならずとも誰でも着目できる。しかし、掲記のような句になると、誰でも、というわけにはゆかなくなる。

世が直るなほるとでかい蛍かな

世の中が変って、よくなるというが、闇夜の大蛍、まんざら大ぼらでもなさそうだ。なにかあるかもしれない。

文政八年の作。これは、『梅塵抄録本』に収録されている句で、中野（今の中野市）の人たちと巻いた歌仙の発句。付句は、「下手のはなしの夜は涼しい」（一巴《いっぱ》）。この歌仙全体が、世の風俗の変化に興じているもので、「新村に釘鍛治ばかり家建てて」とか、「冬の夜はいづれ豆腐が頼み也」に付けて「町場へ一里野中新田《のなかしんでん》」といった調子である。一茶も、この三年前に「藪村《やぶむら》に豆腐屋できる夜寒哉」、前の年に「土一升金一升や門涼み」といった句をものしている。したがって、「世が直る」も、「下手のはなし」の一つていどなのだが、まあ、話としてはおもしろくもあり、楽しみもあり、ということなのだ。なお、『八番日記』には、「世が直る〳〵とむしもをどり哉」とある。これが下敷になっているのだろう。

この「世が直る」だが、一茶はときどき、この種のことばで句を作っている。

夕《ゆふ》皃《がほ》や世直し雨のさは〳〵と　（四十七歳）
世の中はどんど丶直るどんど哉　（五十二歳）
此《こ》のやうな末世を桜だらけ哉　（同）
稲妻や一《ひと》切《きれ》づつに世がなほる　（五十七歳）
鳴くな虫直るときには世が直る　（六十三歳）

しかし、第一句の「世直し雨」といっても、これは旱天に慈雨といったもので、夕顔の花に降る雨を新鮮に感じている気分のほうがはるかに大きい。第二句は得意の語呂合せで、新年の飾りものをいっせいに焼くときの調子のよさだ。第三句は、仏法のおとろえた現世だが、桜のさかりはいいものよ、といったもので、詠い文句。第四句は稲妻のひらめきの都度、四界が更新された感じになる、その感じのほうに重点があるし、第五句は、やはりリズム感をたのしんでいる面が大きい。

一茶にとって、「世直し」ということば(そして事実)は、匂いのよい空気のようなものだったに違いない。先に「蘭の香や異国のやうに三ケの月」で触れたような世相も、またそれへの反応も、「世直し」という観念にまでは、とても昇華できなかったのだ。

好奇心が強く、感覚も鋭敏な男だから、世相風俗の動きには敏であったはずだし、彼の句や文は、その敏捷さを示してもいる。しかし、観念どころか、おそらく感覚としても、十分には、「世直し」ということを受けとめることはできなかったのだとおもう。ただ、このことばが、世人のあいだでしばしば口にされていたから、それに聡《さと》く反応し、逸早く句にもとりいれてみた、といってもよいくらいだったかもしれない。しかしむろん、わるい匂いの空気ではなかった。

一茶五十一歳のとき、善光寺町に米騒動があった。彼は書いている。「善光寺ニ於テ夜盗三百人計蜂起シテ富民廿三家ヲ破ル」と。この「夜盗」は前年の飢饉で食物を失った貧民たちだったが、一茶は盗賊と受けとったのである。つまり、こういう平均的な庶民感覚の持ち主だった、ということであろうか。

うつくしや年暮《くれ》きりし夜の空

一年が終る。日は暮れて夜空は晴れている。末期《まつご》の空とでもいうのだろうか。なんともいえぬうつくしさだ。

文政八年作。六十三歳の年の暮の句だ。気持の若さとともに、一方では老いをつよく意識してもいた一茶だから、ときに、自分の死のときをおもうことがあったとしても不思議はない。いまもおもっている——。

一茶は「うつくしい」ということばを多用している。大方は、それが説明になっていて、美しさを逃がしているが、いくつかは、このことばがあることによって、さらに美しくなっている場合がある。たとえば次の句。

うつくしや障子の穴の天の川

うつくしや雲一つなき土用空

しかし、これらよりも、この年の暮の夜空は、さらに美しい。晩年への想いが一層加わっているせいであろう。

文政句帖以後

文政九〜十年（一八二六〜一八二七）——六十四〜六十五歳

やけ土のほかりほかりや蚤さはぐ

火事あとの焼け土はまだほかほかとあたたかいです。蚤もいい気持でさわいでいますわい。まだまだ元気です。

文政十年、信濃紫にいる門人の久保田春耕にあてた書簡に書きとめられている。前書に「土蔵住居して」とある。

この年の閏六月一日、柏原に大火があって、一茶の家も類焼した。焼け残った土蔵に仮住まいしていたのである。妻のやをとは前の年に結婚している。

この句は、そういう日常のなかでできたものだが、飄逸の風がある。被災をあまり苦にしていない感じがある。しかし、湯田中で盂蘭盆《うらぼん》を行ったときの句は、「御仏《みほとけ》は淋しき盆とおぼすらん」とあって、淋しいということば以上に、しみいるような淋しさがあった。「焼後田中に盆《ぼん》して」の前書じたいもひどく淋しい。

つまり一茶は、門人に屈託のないところをみせたのであって、内心はそれほどではなかったということだろう。ただ、すべてを失うことでかえってさっぱりしてしまう型の人間だったから、挨拶とはいえ屈託なさを示すことができたのだとおもう。貧乏性といえば貧乏性、潔癖といえば潔癖――それは、諦めとか悟りとかいったものとは違う性癖的なものだった。

花の影寝まじ未来が恐ろしき

花のかげでも寝るのはいやだ。うっかり寝ると、先がどうなるかわからないから。死ぬのはいやなのだ。

やはり文政十年、火災にあったあとにできたもの。前書がある。「耕《たが》やさずして喰《くら》ひ、織《おら》ずして着《き》る体《てい》たらく、今まで罰《ばち》のあたらぬもふしぎ也」と。そして、この句を読むと、かるい違和感を覚えるのだが、すぐ感じが動いて、一茶は死を予感している、とわかる。

このころ別には、「送り火や今に我等もあの通り」とか、「生身玉《いきみたま》やがて我等も菰《こも》の上」のような句を作っているが、一見歯切れのよい語調のかげに、先の暗紛《くらまぎ》れにおびえているこころのかげがみえる。

それでも、一茶は、九月になると焼け残りの土蔵の屋根を修理し、垂木《たるき》まで全部取りかえた上、門人宅をあちこちと歩いて、菊見などをした。死ぬ気など、まるでなかった。

しかし、十一月八日に土蔵に帰ると、十九日には、ふと気分が悪くなり、そのまま死んだ。四度目の中風だったかもしれない。

あとがき

小林一茶の二万ちかい俳句から九十句ほどを選んで、一句ごとに気ままな訳を付し、鑑賞し、わずかながら評伝を加味したのがこの本である。これを書いたのは昭和四十八年（一九七三）夏。そして、河出書房新社刊『日本の古典』の一冊、『蕪村・良寛・一茶』に収めてもらったのが、その年の秋も終りのころだった。あのときから早くも十四年が経つ。河出書房新社の新進の編集者として、私に接触してくれた元気十分の青木健氏も、いまでは文筆家として立派に一本立ちしている。

今回、その文章を単独の一冊として上梓できたのは、小沢書店主長谷川郁夫氏のおかげである。お勧めを得たとき私はいつになく嬉しかった。というのも、私の一茶についてのまとまった文章は、これが最初だったからである。これで調子を摑んで、「一茶覚え」という随想風の文章を書き、後に「ある庶民考」などと改題したりしたものだった。その最初の文に長谷川氏は着目してくれたのだ。

今回の上梓に当っては、むろん若干ながら加筆訂正をおこなった。数年前、岩波書店から『一茶句集』を出したとき、句の重出を避けるようにしたので、数句を除いては重なるものはない。したがって、加筆訂正は、十四年の歳月のなかで、気付いたこと、考え方の動いたところに限られている。それも、それほどのことはなかった。

いま盛夏。昨年十一月十九日には、信州柏原で、一茶百六十回忌の大会が盛大に取りおこなわれている。一茶への関心の高まりを示すかのように。

昭和六十二年七月

金子兜太

岩波現代文庫版あとがき

小林一茶という俳諧師(「業俳」)の、人間として生きてゆくための苦労の有り態を見極めて、そこからこの人の俳諧を受取ってゆこうとするようになったのは、いわゆる高度経済成長の半ば頃、一九七〇年代に入ってからのことだった。

経済状態がよくなるとともに「戦後は終った」という言い方が気軽にとび出し、俳句の世界でも、戦後の現実と真剣に取組んで作句しようとしてきた人たちを、まるで叱るように、「遊び」という言葉が普通に使われるようになっていた。

そうした軽薄な風潮の拡がりに向かって、出版界に、古人先覚の生きざまを見直す企画が頭をもちあげたのは当然である。そして書き手は「戦後は終った」などと言わない人たちに求められていた。小生が一茶の生きざまとまともに取組むようになったのも、その企画を受けてからのことである。

それまでは、小生の一茶との交わりは、芭蕉の組上げた俳諧、そして特に発句の大衆版を書きひろげた俳諧師という世間並の受取り方を土台にしていたのである。ことに晩年の奥信濃での暮しのなかから生れた自由気ままな生活句のさまざまは、大名や武家をからかい、嫌《いや》なものは嫌といい、放屁自在、子どもまでが「一茶のおじさん」と唄って親しむ年寄り振りだった。もっぱら一茶の句に親しむ、というおもいだったのである。

一茶の生き様に深く入ることなく、その句に親しんでいたことのなかに、「花の影寝まじ未来が恐ろしき」の「未来」などという言葉を自由に遣うことに感心していたこともあるが、擬態語、擬音語(オノマトペア)の生き生きした、自在な活用には更に感心していた。そのことは芭蕉から一茶までのあいだの、広瀬惟然のような幾人かも忘れられないが、それでも一茶ほど多用して新鮮な味を出している人はいないのではないか。小生は一茶の自由なオノマトペアの活用を読んでいると、文化文政期は庶民文化開花のとき、という見方の正当性をおもわないわけにはいかない。その、俳諧での開花の第一人者ではなかったのか、とまでおもっている。

一茶の生き様を見究めもせず、何んとなく親しんできたのは少青年期からだったことがおもい出されるので、付け加えておく。それは小生が秩父という山国に育ったためで、秩父は長野県の佐久と山つづき、一茶の奥信濃も地つづきのおもいがあったためで、俳句好きの開業医だった父のところにやってくる人の話題のなかにもしばしば一茶は出現していた。一茶の放屁の句などが話のなかに出ていたことも覚えている。その一茶は何者なのか。どんな生きざまを呈していたのか。小生の関心はそこに集中した。高度経済成長のなか、自ずと物に傾いて、〈こころ〉薄らぎ、現象に傾いてゆく世相。それに向かって、こころある人たちはさまざまに抵抗していた。小生も一茶の有り態を見届けて、その俳句を、そしてそれに引かれている自分を見究めようとしはじめたのである。

一茶を〈存在者〉として捕えて、〈社会〉に身を置いて生きる、その生《せい》の有り態を見届ける。その作業を「句による評伝」――作品とそれに関わるさまざまから見抜いてゆく。それをまず実行したのが、この本だったのである。五十歳で郷里の奥信濃柏原に帰るまでの、ほぼ十年間の「漂鳥一茶」(旅廻わりの俳諧指導。小生は俳諧セールスと言う)の有り態。――屈折した内面、対人関係。そして帰郷後十五年間の「俳諧寺」を目指しての苦労のさまざま。六十歳の正月、「荒凡夫」で生きたいと言い切る心底。

小生は、「定住と漂泊」を身にしみて承知した。そして「漂泊」の態を一茶に承知し、そのとき一茶が頼りにした「社会」を、自ら捨てようとした山頭火の「放浪」、捨てざるを得ないところにまで追い込まれてゆく井月の「放浪」を理解するようになる。

この本は、小生の一茶理解の門を開いてくれた、大事な一冊なのである。ずいぶん以前のものなのに、忘れずにいて、推輓してくれた若き友青木健に、こころから感謝している。

平成二十六年二月　北武蔵、春の大雪の日に。

金子兜太

本書は、一九八七年九月、小沢書店から刊行された。

小林一茶 —句による評伝

2014年3月14日　第1刷発行
2018年4月26日　第4刷発行

著　者　金子兜太《かねことうた》

発行者　岡本　厚

発行所　株式会社　岩波書店
〒101-8002 東京都千代田区一ツ橋 2-5-5

案内 03-5210-4000　営業部 03-5210-4111
現代文庫編集部 03-5210-4136
http://www.iwanami.co.jp/

印刷・精興社　製本・中永製本

ISBN 978-4-00-602236-5　　Printed in Japan

岩波現代文庫の発足に際して

新しい世紀が目前に迫っている。しかし二〇世紀は、戦争、貧困、差別と抑圧、民族間の憎悪等に対して本質的な解決策を見いだすことができなかったばかりか、文明の名による自然破壊は人類の存続を脅かすまでに拡大した。一方、第二次大戦後より半世紀余の間、ひたすら追い求めてきた物質的豊かさが必ずしも真の幸福に直結せず、むしろ社会のありかたを歪め、人間精神の荒廃をもたらすという逆説を、われわれは人類史上はじめて痛切に体験した。

それゆえ先人たちが第二次世界大戦後の諸問題といかに取り組み、思考し、解決を模索したかの軌跡を読みとくことは、今日の緊急の課題であるにとどまらず、将来にわたって必須の知的営為となるはずである。幸いわれわれの前には、この時代の様ざまな葛藤から生まれた、人文、社会、自然諸科学をはじめ、文学作品、ヒューマン・ドキュメントにいたる広範な分野のすぐれた成果の蓄積が存在する。

岩波現代文庫は、これらの学問的、文芸的な達成を、日本人の思索に切実な影響を与えた諸外国の著作とともに、厳選して収録し、次代に手渡していこうという目的をもって発刊される。いまや、次々に生起する大小の悲喜劇に対してわれわれは傍観者であることは許されない。一人ひとりが生活と思想を再構築すべき時である。

岩波現代文庫は、戦後日本人の知的自叙伝ともいうべき書物群であり、現状に甘んずることなく困難な事態に正対して、持続的に思考し、未来を拓こうとする同時代人の糧となるであろう。

（二〇〇〇年一月）

B236
小林一茶 句による評伝
金子兜太

小林一茶が詠んだ句から、年次順に約90句を精選して、自由な口語訳と精細な評釈を付す。一茶の入門書としても最適な一冊となっている。

B237
私の記録映画人生
羽田澄子

古典芸能・美術から介護・福祉、近現代日本史など幅広いジャンルで記録映画を撮り続けてきた著者が、八十八年の人生をふり返る。

B238
「赤毛のアン」の秘密
小倉千加子

アンの成長物語が戦後日本の女性の内面と深く関わっていることを論証。批判的視点から分析した、新しい「赤毛のアン」像。

B239-240
俳諧志(上・下)
加藤郁乎

近世の代表的な俳人八十名の選りすぐりの句を、豊かな知見をもとに鑑賞して、俳句の奥深さと楽しさ、近世俳諧の醍醐味を味わう。〈解説〉黛まどか

B241
演劇のことば
平田オリザ

演劇特有の言葉(台詞)とは何か。この難問と取組んできた劇作家たちの苦闘を、実作者の立場に立った近代日本演劇史として語る。

2018.4

B242-243
現代語訳 東海道中膝栗毛(上下)
伊馬春部訳

弥次郎兵衛と北八の江戸っ子二人組が、東海道で繰り広げる駄洒落、狂歌をまじえた滑稽談あふれる珍道中。ユーモア文学の傑作を現代語で楽しむ。〈解説〉奥本大三郎

B244
愛唱歌ものがたり
読売新聞文化部

世代をこえ歌い継がれてきた愛唱歌は、どのように生まれ、人々のこころの中で育まれたのか。『唱歌・童謡ものがたり』の続編。

B245
人はなぜ歌うのか
丸山圭三郎

言語哲学の第一人者にして、熱烈なカラオケ道の実践者である著者が、カラオケの奥深さ、上達法などを、楽しくかつ真摯に語る楽しい一冊。〈解説〉竹田青嗣

B246
青いバラ
最相葉月

〝青いバラ〟＝この世にないもの。その不可能の実現に人をかき立てるものは、何か？バラと人間、科学、それぞれの存在の相克をたどるノンフィクション。

B247
五十鈴川の鴨
竹西寛子

表題作は被爆者の苦悩を斬新な設定で描いた静謐な原爆文学。日常での何気ない驚きと人の不思議な縁を実感させる珠玉の短篇集。著者後期の代表的作品集である。

B248-249
昭和囲碁風雲録（上・下）
中山典之

隆盛期を迎えた昭和の囲碁界。碁界きっての書き手が、木谷実・呉清源・坂田栄男・藤沢秀行など天才棋士たちの戦いぶりを活写、波瀾万丈な昭和囲碁の世界へ誘う。

B250
この日本、愛すればこそ
―新華僑四〇年の履歴書―

莫邦富

文化大革命の最中、日本語の魅力に憑かれた青年がいた。在日三〇年。中国きっての日本通となった著者による迫力の自伝的日本論。

B251
早稲田大学
尾崎士郎

『人生劇場』の文豪尾崎士郎が、明治・大正期の学生群像を通して、希望と情熱の奔流に衝き動かされる青年たちを描いた青春小説。

〈解説〉南丘喜八郎

B252-253
石井桃子コレクションⅠ・Ⅱ
幻の朱い実（上・下）
石井桃子

二・二六事件前後、自立をめざす女性の魂の交流を描く。著者生涯のテーマを、八年かけて書き下ろした渾身の長編一六〇〇枚。

〈解説〉川上弘美

B254
石井桃子コレクションⅢ
新編 子どもの図書館
石井桃子

一九五八年に自宅を開放して小さな図書室を開いた著者が、本を読む子どもたちの、いきいきとした表情と喜びを描いた実践の記録。

〈解説〉松岡享子

2018.4

B255
石井桃子コレクションⅣ
児童文学の旅
石井桃子

欧米のすぐれた編集者や図書館員との出会いと再会、愛する自然や作家を訪ねる旅など、著者が大きな影響をうけた外国旅行の記録。〈解説〉松居　直

B256
石井桃子コレクションⅤ
エッセイ集
石井桃子

生前刊行された唯一のエッセイ集を大幅に増補、未発表の二篇も収める。人柄と思索のにじむ文章で生涯の歩みをたどる充実の一冊。〈解説〉山田　馨

B257
三毛猫ホームズの遠眼鏡
赤川次郎

想像力の欠如という傲慢な現代の病理――。「まともな日本を取り戻す」ためにできることとは？『図書』連載のエッセイを一括収録！

B258
僕は、そして僕たちはどう生きるか
梨木香歩

集団が個を押し流そうとするとき、僕は、自分を保つことができるか――作家梨木香歩が、少年の精神的成長に託して現代に問う。〈解説〉澤地久枝

B259
現代語訳　方丈記
佐藤春夫

世の無常を考察した中世の随筆文学の代表作。日本人の情感を見事に描く。佐藤春夫の訳で味わう。長明に関する小説、評論三篇を併せて収載。〈解説〉久保田淳

2018. 4

B260
ファンタジーと言葉
アーシュラ・K・ル＝グウィン
青木由紀子訳

〈ゲド戦記〉シリーズでファン層を大きく広げたル＝グウィンのエッセイ集。ウィットに富んだ文章でファンタジーを紡ぐ言葉について語る。

B261-262
現代語訳 平家物語(上・下)
尾崎士郎訳

平家一族の全盛から、滅亡に至るまでを描いた軍記物語の代表作。日本人に愛読されてきた国民的叙事詩を、文豪尾崎士郎の名訳で味わう。〈解説〉板坂耀子

B263-264
風にそよぐ葦(上・下)
石川達三

「君のような雑誌社は片っぱしからぶっ潰すぞ」――。新評論社社長・葦沢悠平とその家族の苦難を描き、戦中から戦後の言論の裏面史を暴いた社会小説の大作。〈解説〉井出孫六

B265
坂東三津五郎 歌舞伎の愉しみ
坂東三津五郎
長谷部浩編

世話物・時代物の観かた、踊りの魅力など、俳優の視点から歌舞伎鑑賞の「ツボ」を伝授。知的で洗練された語り口で芸の真髄を解明。

B266
坂東三津五郎 踊りの愉しみ
坂東三津五郎
長谷部浩編

踊りをもっと深く味わっていただきたい――そんな思いを込め、坂東三津五郎が踊りの全てをたっぷり語ります。格好の鑑賞の手引き。

2018.4

岩波現代文庫[文芸]

B267
世代を超えて語り継ぎたい戦争文学
澤地久枝
佐高　信

『人間の條件』や『俘虜記』など、戦争と向き合い、その苦しみの中から生み出された作品たち。今こそ伝えたい「戦争文学案内」。

B268
だれでもない庭
―エンデが遺した物語集―
ミヒャエル・エンデ
ロマン・ホッケ編
田村都志夫訳

『モモ』から『はてしない物語』への橋渡しとなる表題作のほか、短編小説、詩、戯曲、手紙など魅力溢れる多彩な作品群を収録。自筆の挿絵多数。

B269
現代語訳 好色一代男
吉井　勇

愛欲の追求に生きた男、世之介の一代を描いた西鶴の代表作。国民に愛読されてきた近世文学の大古典を、文豪の現代語訳で味わう。〈解説〉持田叙子

B270
読む力・聴く力
河合隼雄
立花　隆
谷川俊太郎

「読むこと」「聴くこと」は、人間の生き方にどのように関わっているのか。臨床心理・ノンフィクション・詩それぞれの分野の第一人者が問い直す。

B271
時　間
堀田善衞

人倫の崩壊した時間のなかで人は何ができるのか。南京事件を中国人知識人の視点から手記のかたちで語る、戦後文学の金字塔。〈解説〉辺見　庸

2018. 4